KB071381

법학박사 김현주의 널뛰기 인생

우울증, 조울증 분투기

김현주 지음

마음의 병을 가진 이들에게 보내는 삶의 메시지

36년간 끈질긴 병마와 고군분투한 "달려라 하니"의 조울증 극복기

도서
출판 행복에너지

법학박사 김현주의 널뛰기 인생
우울증, 조울증 분투기

초판 1쇄 발행 2024년 6월 15일

지 은 이 김현주
발 행 인 권선복
편   집 권보송
디 자 인 서보미
전 자 책 서보미
발 행 처 도서출판 행복에너지
출판등록 제315-2011-000035호
주   소 (07679) 서울특별시 강서구 화곡로 232
전   화 0505-613-6133
팩   스 0303-0799-1560
홈페이지 www.happybook.or.kr
이 메 일 ksbdata@daum.net

값 20,000원
ISBN 979-11-93607-34-3(03810)

Copyright ⓒ 김현주, 2024

* 이 책은 저작권법에 따라 보호받는 저작물이므로 무단전재와 무단복제를 금지하며, 이 책의 내용을 전부 또는 일부를 이용하시려면 반드시 저작권자와 〈도서출판 행복에너지〉의 서면 동의를 받아야 합니다.

법학박사 김현주의 널뛰기 인생

우울증, 조울증 분투기

김현주 지음

서평

오기두 **변호사**

(1994. 3. 2. 판사임관, 2024. 2. 19. 법관퇴직,
30년 법관경력, 서울대법대 법학석사, 법학박사)

김현주 박사의 우울증, 조울증 분투기

   내가 김현주 박사를 알게 된 지는 꽤 오래되었다. 1998년에 수원지방법원에 단독판사로 근무하면서 김현주 박사로부터 일본어를 배웠으니 말이다. 일본 법서나 판례를 읽어야만 하는 것이 법관들의 필수적인 일처럼 인식되던 시대였다. 그 탓에 나도 김 박사에게 일본어를 배우게 되었다. 당시는 IMF 시기였다. 하지만 일본어 법서를 그럭저럭 읽어낼 만큼 스승으로부터 일본어를 배웠을 뿐, 그 스승이 심리적으로 심각한 고통을 겪고 있는 사정은 알 수 없었다. 나를 비롯한 많은 이들이 시대적 고통을 겪던 시절이라 스승인 김 박사도 그럭저럭 지내고 있으려니 하고 무심하게 지나쳐 버린 까닭이리라. 그 이후에도 김 박사와 간간이 교류하면서 일본어 공부를 계속해 왔다. 하지만 그녀 내면의 깊은 상처가 삶에 짙은 그림자를 드리우고 있는지는 여전히 알지 못하였다.

「대학원을 마치고 극심한 조증으로 입원한 곳은 한일병원이다. 입원 중에 뛰쳐나와 집으로 온 적이 있다. 환자복을 입고 택시비도 없이 어떻게 집에 올 수 있었는지 기억이 안 난다. 이 일로 폐쇄병동이 있는 여의도성모병원으로 입원하였다. 빨리 퇴원시켜달라고 발버둥을 쳤으나 한 달 정도 치료를 받고 퇴원하였다. 극렬하게 반항하는 환자를 약으로 잠재웠겠지만 의사의 노고에 대해 새삼 죄송한 마음과 감사가 교차한다.」(58쪽)

이렇게 저자인 김현주 박사가 겪은 마음의 고통은 그저 당사자인 김 박사만이 온전하게 알 수 있을 것이다. 그러나 크든 작든 마음의 상처를 안고 살아가는 우리 모두에게 김 박사의 고통은 역설적으로 커다란 위안을 준다. 오히려 삶이란 그다지 심각한 것이 아님을 보여주기도 한다. 누구나 아프니까. 그저 숨을 쉬듯이 그 아픔을 견뎌내면서 살아가는 것이니까. 그래서 어쩌면 어떤 높은 존재가 우리에게 주었을지도 모를 그 어떤 사명 같은 것을 완수해 가는지도 모를 일이니까.

내가 30년간 법관 생활을 하면서, 아니 그 이전 사법연수원 2년, 해군 법무관으로 3년간 군 복무를 한 때까지 치면 35년간 법률문제를 다루면서 항상 생각해 온 것이 있다. 법률문제는 그저 단순히 법률문제에만 그치지 않는다는 것이다.

법률문제는 그에 얽힌 사람들의 마음을 고통스럽게 후벼파는 심리 문제이다. 법률문제는 마음의 문제다. 세상 모든 문제가 마음의 문제이듯 말이다.

나는 김현주 박사가 『우울증, 조울증 분투기』로 책을 낸 용기에 큰 박수를 보낸다. 그리고 거기에 이런 말을 더 하고 싶기도 하다. 우울증, 조울증은 숨을 쉬는 것과 같다. 살아 있는 한, 숨을 멈출 수 없듯 우울증과 조울증도, 우리가 계속하여 친구처럼 함께 지낼 수밖에 없는 존재다. 그것을 너무 쉽게, 너무 빨리 떼어내려고 하지 말라. 우울증, 조울증을 극복하지 못해도 좋다. 그저 우울증, 조울증과 함께 있으라Just be with them!. 끊임없이 숨을 쉬듯, 그렇게 우울증이나 조울증과 함께 살아가는 삶, 그것만으로도 참된 삶이다. 그저 견디며, 버텨내는 것만으로도 충분하다. 그렇게 살아가는 것만으로도 우리에게 부여된 사명을 완수하는 것일 터이다. 그렇게 살아가는 당신, 정말로 성공한 사람이다. 무엇을 더 욕심내는가?!

2024년 5월
수원시 영통구 원희캐슬 광교법조타운 D동 901호
不老草田 快哉亭에서

들어가며

내게는 불치병인 조울증이 있다. 평소에는 아무렇지 않은데 어느 날 갑자기 우울증으로 떨어지면 밑도 끝도 없이 나락으로 추락하여 속수무책이다. 그야말로 시체놀이로 천정만 보고 하루 종일 누워 있다. 사지가 멀쩡해서 그러면 안 되는 걸 알지만 마음대로 안 되니 어쩌겠나. 결국에는 약에 의존해야 하지만 좀 더 효율적인 치료 방법은 없을까.

조증일 때는 그와 반대로 하늘을 날아갈 듯 의기양양하여 석사, 박사도 마치고 책도 네 권씩이나 저술할 정도로 자신감이 넘친다. 외국어도 술술 입에서 나온다. 한강공원에서 100명 번개모임도 혼자 힘으로 기획하고 주선하였는데 어디서 그런 무모한 용기와 힘이 나오는지 상상을 초월한다. 그것이 바로 조증 상태이다.

정신병은 뇌 신경전달물질의 문제일 뿐 숨겨야 하거나 두렵고 무서운 병이 아니다. 내가 겪은 신경, 정신계 병은 불면증, 우울증, 조울증이다. 흔히 우울증을 마음의 감기라고 하지만 감기라고 하기엔 증세가 훨씬 복잡하고 치료도 장기 간에 걸치기 때문에 동의할 수 없다.

조울병은 기분장애의 질병이다. 기분이 들뜨는 조증과 기 분이 가라앉는 우울증이 큰 파도를 타듯이 나타나서 '양극성 장애(bipolar disorder)'라고도 한다. 조증이 과해서 자제가 안 될 때는 약을 먹거나 입원을 해야 한다. 의사의 말로는 약을 꾸 준히 평생 먹어야 한다는데 나는 자주 중단을 했다. 그래서 더 병이 악화되었는지 모르겠다.

조울증의 널뛰기 인생을 요란스럽게 공표하는 이유는 나 와 같은 병을 앓고 있는 분들과 가족에게 조금이나마 도움을 주고 싶어서다. 정신과 진료를 받은 지 30년이 넘었으니 언 젠가 그 이력을 정리해 봐야겠다고 생각했다. 이럴 줄 알았 으면 그동안 진료일, 처방전 등 꼼꼼히 모아두었어야 하는데 이렇게 병이 오래갈 줄은 정말 몰랐다.

돌이켜보면 아직까지 살아있는 것이 기적이고 지금 이 글 을 쓰는 순간도 감사가 밀려온다. 나를 창조하시고 이 세상 에 존재하도록 하신 신의 뜻이 궁금하다. 분명 목적과 이유 가 있을 것이고 이것이 내가 하루하루를 살아야 하는 사명감이기도 하다. 나로 인해 말할 수 없는 고통을 겪은 가족에게 미안하고 감사하다.

이렇게 즐겁고 보람된 삶을 진작 스스로 포기하려고 했던 수많은 날들. 그때는 지금의 나를 상상할 수도 없었고 너무나 견디기 어려웠기에 조용히 사라지고 싶었던 날들의 연속이었다. 내게 용기가 있었다면, 좀 더 편하게 죽을 수 있다면, 지금 달리는 버스가 한강에 떨어진다면, 비행기가 추락한다면, 불가항력적인 다른 힘에 의하여 눈 깜짝할 사이에 생사를 달리할 수 있다면…. 하고 얼마나 바랐는지 모른다.

이제는 말할 수 있을 것 같다. 나처럼 바보 같이 살지 말라고. 죽고 싶을 때, 단 한마디 위로를 받고 싶을 때 나 같은 사람도 살아났다고 다독여주고 싶다. 인생은 내가 선택하는 것이 아니고 주어지는 것처럼 죽음 역시 내가 선택하는 것이 아니다. 지금 이곳에 있는 이유에 답하는 것이 바로 내 인생의 목적이다. 성공하지 않아도 부자가 되지 못해도 내가 태어난 이상, 나는 이 땅에 희망을 심는 씨앗이 되어야 한다. 나로 인해 한 포기 풀이 나온다면 그것으로 내 인생은 충분한 가치가 있는 것이다.

이 책은 이러저러해서 병을 고쳤다는 것이 아니라 계속 진행 중이며 고군분투하는 내 삶을 고스란히 내보임으로써 나와 같은 사람들에게 위안을 주고 그 가족에게 참고가 되었으면 하는 마음으로 써 내려간다.

그동안 살아오면서 느꼈던 짧은 단상을 모아 엮어봤다. 가족이 알면 반대할 것 같아 출판을 미뤘지만 누군가에게는 용기를 줄 수 있고 힘을 보탤 수 있는 일이기에 용기를 내어 써본다. 현재 숨 쉴 수 있는 모든 것은 하나님의 은혜이다.

당신의 목숨은 당신 마음대로 할 수 없어요. 다른 사람이 죽이지 않는 거라면 스스로 포기하지 마세요! 모든 사람은 충분히 살아갈 만한 이유를 가지고 있습니다.

CONTENTS

──────────────────────────────── 1부

오늘도 구름 위를 걷는다

────────────────────────────────

오늘도 구름 위를 걷는다

일본에서 시작된 우울증

1987년 일본유학 시절 처음 우울증을 겪었는데, 약을 먹고 나서 바로 조증으로 바뀌었다. 당시에는 단순한 향수병 증세인 줄 알았고 그것이 조울증인지는 몇 년 후에야 알게 되었다. 그토록 활발하고 적극적인 내가 방학이 되니까 학교에 안 가게 되어 우두커니 할 일이 없었다. 밤새 잠을 못 자고 뒤척이다가 아침이 되면 까악까악 까마귀소리만 요란했다. 하루 종일 아무 의욕도 없이 방에서 누워만 있었다. 한 달쯤 지나서 갑자기 초췌해진 모습을 보고 지도교수님이 깜짝 놀라시며 보건소 의사선생님한테 데리고 갔다.

약을 먹은 후 조금 나아졌지만 이번에는 180도 변해서 옷 사재기를 하였다. 형형색색의 옷을 입고 나타나니 교수님이 또 놀라셨다. 혼자 지내기가 어려워서 하숙을 나와 교수님이 아는 부부교사의 집에서 홈스테이를 하게 되었다. 가족과 함께 지내니 안정을 찾고 즐겁게 지낼 수 있었다. 한편으론 여러 일본인 집에서 후한 대접을 받았는데 우리 집은 열악한 환경에 엄마도 안 계시는데 어떻게 보답을 할까 하고 걱정이 되었다.

1988년 2월 극심한 우울증 상태로 일시 귀국을 하였다. 가까스로 대학 졸업식에 참여하고 다시 일본에 갔다가 국비 유학기간인 1년을 마치고 귀국해서 바로 결혼하였다. 신혼 여행에서도 우울증으로 신혼의 꿈은커녕 죽겠다는 소리만 했다. 결혼식 때 예전에 다니던 은행의 차장님이 오셔서 신혼여행 다녀온 후 연락하라고 하셨다. 당시 여성은 결혼하면 직장을 그만두어야 하던 시절이었으니까 무척 기쁜 소식이었다. 은행에 출근하면서 서서히 원래의 모습을 되찾았다.

은행을 그만두고 대학원에 다닐 때만 해도 괜찮았는데 어떤 사건을 계기로 조증 증세의 하나인 분노조절장애로 입원하는 사태가 벌어졌다. 큰 파도가 덮쳐 병원에 입원한 것은 두 번이고 찰랑찰랑 조증과 울증은 반복되었다. 그러고 보니 어릴 적 가족이 모두 "웃으면 복이 와요"라는 코미디 프로그램을 보고 있을 때 나만 방에서 뭔가 만들거나 책을 읽었다. 이런 성향은 혼자 있기를 좋아하는 것도 같은데 그와 정반대의 성격도 있으니 이미 널뛰기 인생의 징후가 엿보였는지 모른다.

나의 조증, 우울증 증세

| 조증 상태

- 새벽부터 일어나서 부지런히 움직인다.

- 의욕, 식욕이 왕성하다.

- 신체적, 정신적인 활동이 활발하다.

- 에너지는 폭증하며 명랑 쾌활하다.

- 기분이 고조되어 흥분상태이다.

- 긍정적, 낙관적이며 자신만만하다.

- 밤을 새도 피곤하지 않고 아이디어가 넘쳐 잠이 잘 안 온다.

- 목소리가 커지고 말이 빨라지며, 생각이 빠르게 돌아가는 느낌이다.

- 충동구매로 돈을 많이 쓰며, 판단력이 떨어지고, 주변 일에 관심, 관여가 많아진다. 만날 사람이 많아 스케줄이 꽉 차고 하루에도 몇 탕을 뛴다.

- 페북, 카톡을 왕성하게 한다.

- 필력이 좋아져서 밤새며 글을 쓴다.

- 쓰레기, 불법주차 등 공중질서 안 지키는 것에 분노심이 일고 고치려고 간섭한다.

| 우울증 상태

• 늦게 일어나고 씻지도 않는다.

• 식욕, 의욕이 없고 무기력하다.

• 쉽게 자포자기하고 두문불출한다.

• 사지가 멀쩡해서 누워만 있으니까 자책을 심하게 하고 죽고 싶다.

• 아무 감정이 없다. 슬프거나 기쁘지 않고 아무 것도 관심이 없다.

• 쇼핑을 하거나 여행, 드라이브 모두 소용없다.

• 책 두 페이지 읽다가 눕고 금세 잔다.

• 주말은 밥 차리는 일 때문에 스트레스를 더 받는다.

• 시간이 너무 안 가서 괴롭다.

• 혼자만 있는 시간이 너무 많아서 외롭지만 누구도 만나기 싫다.

• TV도 전혀 안 보고 책도 안 읽고 그냥 시계 소리만 들으면서 누워 있다.

• 걱정, 불안, 염세적이다.

• 죄책감과 자신이 쓸모없다는 자책감이 든다.

• 집중력, 기억력, 판단력 등이 모두 저하된다.

• 대인기피증, 모든 사회생활을 스스로 차단한다.

• 죽고 싶으나 자살할 용기가 없으니 전쟁이 났으면 좋겠다. 여행을 떠나서 비행기가 추락했으면 하고 바란다.

약물 복용

F. 토레이는 『보이지 않는 흑사병』(2001년)에서 정신질환이 마치 전염병이 확산되듯 현대 사회에 퍼지고 있다고 말했다. 1970년대 의료화 비판과 동일 선상에서, 현대의 약물문화는 삶의 고민거리를 '정신의학화' 한다는 비난의 중심에 서게 되었다. 그러나 증가된 정신질환의 내용을 들여다보면, 그 대부분을 차지하는 환자는 중증 정신질환을 가진 사람이 아니라 가벼운 증상으로 게다가 자발적으로 정신과를 찾는 사람들이었다.

에드워드 쇼터의 『정신의학의 역사』(2009년)에 의하면 항우울제 프로작이 소개된 이후 2005년까지 미국에서 우울증 진단은 200% 증가했고, 항정신증 약물과 항불안제, 수면유도제 등 다양한 항정신성 의약품 판매는 4000% 이상 상승했다고 한다. 처방된 약의 양은 진단된 환자의 수와 거의 비례한다. 1955년 클로르프로마진이 소개된 이후 미국 내 정신질환 장애는 6배 증가했고, 1990년대 프로작 유행 이후 우울증은 두 배 이상 증가했다. 정신의학은 이 흐름을 타고 다시 상승하기 시작했다. 1990년대 중반 이후 정신과 전문의 지망 의사들이 증가하면서 경쟁률도 높아갔고, 정신과가 종합병원 필수 과목의 하나로 의료법에 명기된 것은 우리나라의 경우 1999년이다.

내가 오랫동안 복용한 약은 이러하다. 데파코트 서방정 500mg (2정씩 1회), 아빌리파이정 2mg 1알 (1정씩 1회), 환인클로나제팜정 0.5mg (1정씩 1회), 리스펜정 2mg (0.5정씩 1회). 상기 약은 조증, 우울증 모두 예방 차원에서 복용하는 것이다. 약의 부작용으로 손 떨림도 심하고 최근에는 혀, 턱 떨림도 생겼다. 신경외과에서는 그럴 수 있다고 하며 약을 끊고 한 달 후 뇌 사진을 찍어보자고 한다. 불면증 치료 목적으로 수면제(졸피신정 10mg 1정씩 1회)도 오래 복용했는데 그 때문인지 기억력이 많이 쇠퇴했다. 의사 말로는 수면제와 기억력과는 관계없다고 하지만 내 경우 현저한 변화를 느낀다.

급성 조증 상태라면 단일 제제를 사용하는 것이 원칙이다. 리튬과 데파코트를 선택할 때는 각 약물의 부작용과 다양한 동반 증상의 유무에 따라 선택을 하라고 권한다. 이전에 울증을 앓던 환자가 현재는 조증 삽화를 보인다면 리튬을 사용하라고 제안하고 있다. 리튬은 기분 안정제의 기준에 가장 근접한 약물로서 우울증과 조증 둘 다를 예방하는 효과가 있는 것으로 보인다.

– 에바 알브레히트, 찰스 헤릭, 『100문 100답 양극성 장애(조울증)』, 하나의학사

만성질환자일수록 약을 오래 먹기보다는 음식이나 운동 등 생활 습관을 바꿈으로써 건강을 되찾을 수 있지 않을까 기대한다. 안타깝지만 비약물적 치료만으로 조울병을 완전히 치료하기는 어렵다. 일단 발병하면 체내 신경전달물질의 흐름에 이상이 생긴 것이기 때문에 약물치료가 불가결하다.

– 안경희, 『나는 당신이 살았으면 좋겠습니다』, 새움

트립토판은 고기, 생선, 콩류, 유제품 등 단백질 함량이 풍부한 식품에 많이 들어있다. 신경전달물질인 세로토닌은 트립토판이라는 아미노산으로부터 만들어진다. 트립토판이 전혀 함유되지 않은 식사를 할 경우 원래 우울증에 빠지기 쉬운 사람이라면 비교적 단시일에 그 영향이 나타나 우울 증상을 보일 수 있다.

– 오카다 아카시 지음, 『선생님, 저 우울증인가요』, 북라이프

우울증, 조울병을 앓다가 스스로 목숨을 끊은 유명 인사도 많다. 옛날에는 약도 없었으니 어쩔 수 없고 최근에는 좋은 약도

많은데 안타까움을 금치 못한다. 버지니아 울프(1882~1941) 당시에 약이 있었다면? 그녀는 13살에 어머니를 여의고 정신이상 증세가 생겼고 돌봐주던 의붓언니도 2년 뒤에 죽었다. 여섯 살 때부터 집적거리던 의붓오빠와 그 사촌들이 그 뒤로 더 집요한 추행을 거듭했다. 스물두 살에 아버지가 앓다가 죽고, 2년 뒤 의지하던 오빠마저 죽었다. 10년 사이 가족 네 명을 잃었다. 작가는 자서전에 '날개도 채 펴지 못한 애벌레'가 치명상을 입었다고 썼다. 몇 번의 자살을 시도하다가 환갑을 앞둔 1941년 3월 유서를 남겨놓고 우즈강에서 자살을 했다.

– 이찬휘 / 허두영 / 강지희, 『차라투스트라는 이렇게 아팠다』, 들녘

환갑을 맞이해서 회고록 겸 우울증, 조울증 분투기를 쓰는 나는 버지니아 울프보다 얼마나 행복한 사람인가 약 복용으로 지금까지 잘 견뎌왔으니까. 하지만 조증일 때는 병원에 가지도 않고 지극히 정상이라고 생각하는 것이 큰 착각이다. 처음에 우울증이 나타나서 생활에 어려움을 겪으면 병원을 찾지만 의사도 단순한 우울증인지 조울증인지 가늠할 수 없다. 주기가 나타나고 큰 사건을 터뜨려야만 그제서 알 수 있는 병이라서 주의 깊게 관찰해야 한다. 정기적인 진료와 꾸준한 약물복용으로 충분히 나을 수 있는 병인데 나는 그러지 못해 이렇게 오랫동안 앓고 있나 보다.

조울증 발병의 원인

내 우울증의 원인은 첫째로 후회이다. 조증일 때 만난 사람, 왕성하게 벌인 일, 사건 모두 후회가 되며 평소 아낀 돈을 흥청망청(최근에 알게 된 사람을 위해서, 그런데 그런 사람의 인격이 별로라는 사실을 나중에 알게 되거나 오래 관계가 유지되지 않는) 쓴 것이 가장 속상하다.

당장 내 가족, 형제, 친구가 필요한 돈을 헛되이 썼다는 죄책감이 나를 억누르고 더욱이 한가하니까 그런 생각이 좀처럼 머릿속에서 떠나지 않는다. 평소에 친한 친구들과는 바쁘다고 만나지도 않으면서 생판 모르는 사람에게는 뭔 이타주의가 샘솟는지 돈, 시간, 에너지를 아낌없이 쓰고 나서 제정신이 돌아오면 돌이킬 수 없는 가장 큰 후회로 다가온다.

특히 나같이 사람 잘 사귀고 신중하지 못한 사람에게 페이스북이나 카톡은 독약이다. SNS에서 시간을 보내는 사람들은 자기 생각과 느낌을 공유하고 싶은 사람, 인맥관리 차원에서 열심히 교류하고 싶은 사람 등 여러 종류의 사람들이 많은데 나는 순진하게 무슨 특별한 사명감이나 있는 것처럼 시간을 쏟아부었다.

내가 정성을 쏟은 만큼 그 우정과 친분이 오래 가면 좋지만 덕을 베풀고도 스스로 연락을 다 끊었다. 정말 순수하고 존경할 몇 분들은 있다. 나를 우울증이란 늪에서 꺼내려고 그토록 애써 주신 몇몇 분들께는 평생 갚을 수 없는 빚을 지고 말았다.

미처 일일이 연락도 못하고 갑자기 페이스북을 탈퇴해서 다른 사람 글을 읽을 수도 없다. 내 근황이 궁금한 사람(특히 외국 친구들)도 있을 텐데 메신저도 할 수 없고 나의 연락처를 모르니 얼마나 황당하고 답답할까. 그중에는 소중한 분도 많았고 평소 만날 수 없는 분들과도 대화를 나누고 생각을 공유하였지만 결과적으로 헛수고가 되었으니 공들인 시간이 아깝다.

둘째로 어릴 때 환경이다. 엄마가 일찍 돌아가신 것이 정서불안의 가장 큰 원인인 것 같다.어젯밤 새엄마가 꿈에 등장했다. 처음에는 새엄마에게 뭐라고 내가 막 소리 지르다가 잘 때 들어와서 나가라고 해도 안 나가고 저리 비키라고 마

어머니 사진

구 욕을 하면서 소리쳤는데 몸은 움직이지 않으니 답답할 뿐이었다.

남편이 거실에서 자다가 깜짝 놀라 들어왔다. 무슨 악몽이었는지 내용을 애기해달라고 해서 나도 모르게 눈물이 왈칵 쏟아졌다. 이렇게 나이가 50이 넘어서도 어릴 때 기억과 상처가 내 자아 깊숙이 각인되어 있다는 것이 놀라울 정도이다. 평소에는 전혀 생각하지도 않았고 특별히 기억나는 것도 없는데 새엄마가 꿈에 나타나면 늘 악몽에 시달린다.

남편은 내가 불쌍하다고 했는데 생각해 보니 남편도 시누이도 불쌍하다. 남편이 고등학생 때, 시누이가 중학생 때 엄마가 돌아가시고 새어머니가 오셨다. 남편은 워낙 성격이 낙천적이고 긍정적이어서 새어머니와도 잘 지냈지만 한창 사춘기였던 시누이는 새어머니와 사이가 안 좋아서 많이 힘들어했다.

셋째는 사랑의 결핍이다. 어릴 때 충분히 엄마의 사랑을 받지 못한 것도 있지만 결혼 후에도 남편은 늘 일찍 잠들고 코를 심하게 골아서 각방을 쓴 지 오래되었다. 남편이 좋아하는 것은 골프, 주식, TV, 음악, 영화인데 나는 전혀 TV를 보지 않고 취미가 맞지 않는다. 그럼에도 우리는 서로 사이가 나쁜 것도 아니고 각자 자기의 생활을 하면서 문제없이 잘 지내왔는데 내가 우울증에 걸리면 속수무책이다. 남편이 내게 시간을 한없이 맞춰줄 수는 없으니까.

넷째로 돈에 대한 강박관념이다. 엄마의 DNA, 청소년기의 불우함, 결혼 후 주식투자로 인해 몇년간 경제적 파탄 속에서 힘들게 살았던 경험이 뿌리 깊게 박혔다. 평생 시댁 생활비를 책임져야 하는 것 때문에 나 자신을 위해서는 돈 한 푼도 쓰질 못하고 돈이 제 아무리 많아도 적은 돈을 아끼기만 하지 어이없이 큰돈을 그냥 날려버릴 때가 한두 번이 아니다.

다섯째는 환경의 변화에 매우 스트레스를 받고 불안하다. 이번 이사 일도 그중 하나인데 난 평소 정리를 잘 못하고 계속 쌓아두는 편이라서 불필요한 짐이 어마어마하게 많다. 물론 책 욕심이 가장 많아서 처리할 때마다 고민거리이다. 남늘처럼 싹 버리든지 모조리 가져가면 그뿐인데(더 좁은 집으로 이사 가는 것도 아닌데) 그동안 읽지도 않고 쌓아 둔 책이 괴물처럼 보이고 버리자니 아깝다. 우울증일 땐 전혀 읽지도 않고 관심도 없으며 마구 버리고 나서 나을 때쯤이면 버린 책 등을 아까워하며 후회하게 된다.

또한 지금까지 경험상 여행 다녀온 후에도 우울 증세가 나타난 것 같다. 일본 유학 중에는 방학 때 어떤 선생님과 시골의 일본 선생님 댁에 초대되어 며칠 묵으면서 그 근방(야마구치현) 관광도 실컷 하고 돌아왔는데 기숙사에 막상 혼자가 되고 나서부터 우울증이 시작되었다. 또한 많은 일본 지인들에게 엄청난 신세를 지고 돌아와서 어떻게 그 은혜를 갚을지, 과연 내가 그만큼 베풀 수 있을지에 대한 걱정과 조바심으로 불안하기도 했다.

몇 년 전 2월 말에 도쿄에 갔다가 바로 3월 초 미국에 다녀오고 나서도 마찬가지였다. 미국 가기 전 불안해서 약을 먹어서인지 그럭저럭 다녀왔지만 몇 주일 후부터 불안 증세가 나타났다. 여행에선 남이 차려주는 밥을 맛있게 먹고 다른 사람들과 어울려서 즐겁게 지내니까 편하다.

하지만 집에 오면 내가 밥을 해야 하고 여행에서 신세진 사람들에게 어떻게 빚을 갚을지 걱정이 커진다. 다른 사람들은 여행 다녀오면 집이 최고라고 안심을 하는데 나는 왜 그 반대일까. 그렇다고 해외여행이 좋은 것만은 아니다. 비행기 타는 시간, 공항 기다리는 시간 등 갔다 오면 다시는 가고 싶지 않다.

마지막으로 급한 성격 때문이다. 초조, 불안, 안달, 조바심 이런 인자가 내 안에 깊숙이 평생 함께 서식하였으니 조그만 문제에도 다른 사람보다 더 민감하고 아직 일어나지도 않은 일을 앞당겨 걱정하는 기우의 천성이 몸에 배었다. 뭔가 빨리 그 일을 해결해야 맘이 편하고 다시 또 다른 문제가 나타나면 느긋하게 기다리거나 옆으로 미뤄놓을 줄 모르고 도미노 현상으로 무너지고 만다. 차분하게 하나씩 해결 가능한 것부터 하면 될 텐데 그것이 안 된다.

이렇게 원인도 잘 아니까 대비도 잘 할 수 있겠지만 좀처럼 고칠 수 없으니 고질병이다. 조증이 심각해지기 전에 미리 대처할 수 없을까. 뒤늦게 후회해 봤자 소 잃고 외양간 고치는 것도 아니고 아예 폭삭 무너져 버린다. 결국은 병원 신세 지고 약을 먹을 수밖에 없는 걸까. 이번에는 정말 많은 일이 있었다. 모든 사람들과 단절하면서 그동안 쌓았던 대인 관계가 얼마나 부실하고 내 인격이 형편없었는지 뼈저리게 느꼈다.

이제 거의 나아서 뒤돌아보니 내게는 우울증의 혹독한 기간도 필요악인 것 같다. 조증일 때 육체를 혹사시켰으니 휴식의 시간도 필요하고 앞뒤 안 가리고 생각 없이 날뛰던 망나니가 축 늘어진 송아지가 되어 반성의 시간을 되새김질도 해야 하고 괴롭긴 해도 길게 보면 모두 불필요한 것은 없다.

가족의 소중함, 특히 남편에 대한 고마움, 엄마로서 아들을 보살피지 못한 죄책감과 함께 비록 내 육신이 병들고 노쇠해갈지라도 결코 내 스스로 목숨을 끊는 일은 천하의 큰 죄악이라는 걸 또 한 번 느낀다. 물론 난 자살할 용기도 없지만.

분노조절장애

석사학위논문을 마치고 다시 조증이 찾아왔다. 이번에는 분노조절장애라고 해야 하겠다. 모 교수가 아르바이트를 시켰는데 수고비는 안 주고 도중하차한 일을 자기 책상에 갖다 놓으라고 해서 화가 났다. 물론 끝까지 마무리하지 못한 나도 책임은 있지만 일한 만큼의 대가를 못 받은 것 같아서 계속 밤마다 큰소리로 교수 욕을 해댔다.

그즈음 남편이 회사를 옮겨서 매일 송별식으로 늦게 귀가했기 때문에 남편은 까맣게 모르고 있었다. 또한 이사를 가게 되어 짐 정리를 하는데 짐을 하나 가득 끄집어내서는 밖으로 버리기를 반복했다. 이 일로 나는 병원 신세를 지게 되었고 결국에는 병원에서도 독방에 갇히고 말았다.

두 번째 분노조절장애는 로펌강의를 마치고 밤늦게 택시

를 잡으려는데 빈 택시가 모두 안 태워줘서 폭발했다. 외국인도 간혹 보였는데 그들은 영문도 모르고 어떻게 귀가할지 걱정이 되었다. 거리 한복판에서 마구 욕을 해댔다. 재활용 분리를 제대로 안 하고 함부로 쓰레기를 버리는 사람, 음식 쓰레기에 봉투를 버리는 사람, 불법 주차하는 사람 때문에도 화가 났다. 평소에 조용한 사람이 동네방네 소리 지르고 물의를 빚으니 또 병원에 갇히게 되었다.

세 번째는 일본 지인의 아들이 불효자라서 너무 화가 났는데 문제는 공공장소를 불문하고 분노를 표출하였다. 밤새도록 마당에서 큰소리로 불효자 녀석과 독거노인에게 무관심한 이웃들을 질타하는 말을 했다. 정말 못 말리는 오지랖이다. 남의 나라에까지 가서 쓸데없는 간섭을 다하고 지하철에서도 떠들었으니 얼마나 부끄럽고 황당한 일인가. 창피하고 아찔하다.

돌이켜보면 내가 의인이라고 착각하고 정의롭게 행동한다는 것이 얼마나 교만한 짓인가 뉘우치게 된다. 왜 진작 그런 생각을 못 했을까, 왜 성경말씀 로마서 3장을 기억하지 못했는지 후회막급이다. 그 후로는 조증이어도 크게 화를 내는 일은 없어졌다.

기록한바 의인은 없나니 하나도 없으며 (3:10)

깨닫는 자도 없고 하나님을 찾는 자도 없고 (3:11)

다 치우쳐 한가지로 무익하게 되고 선을 행하는 자는 없나니 하나도 없도다 (3:12).

저희 목구멍은 열린 무덤이요 그 혀로는 속임을 베풀며 그 입술에는 독사의 독이 있고 (3:13)

그 입에는 저주와 악독이 가득하고 (3:14)

그 발은 피 흘리는데 빠른지라 (3:15)

돈의 강박

엄마는 지독한 구두쇠였고 돈밖에 몰랐다고 한다. 달러 장사를 하면서 전당잡은 금은보화가 금고 안에 가득 들어 있는 채 30대 초반에 돌아가셨다. 내게도 엄마의 DNA가 있어서 절약정신이 너무 과하고 돈을 쓸 줄 모른다. 하지만 아버지의 호탕한 성격과 엄마의 알뜰한 성격이 합쳐져서 남에게는 잘 쓰고 내 자신에게는 인색하다.

중학교 때 동생에게 맞지 않는 친구의 체육복을 물려줘서 자존심 상하게 한 일은 두고두고 비난을 받는다. 어련히 부모님이 새것을 사주실 텐데 어려서부터 아까워하는 습관이 몸에 배였다. 철이 너무 일찍 든 것일까. 가세가 기울고 나서는 스스로 해결하고 부모님께 손 벌리는 일을 주저했다. 결혼 후에도 시댁에 생활비 드리는 것이 아까웠지만 어쩔 수 없다고 생각했다. 시어머님이 워낙 알뜰하고 절약을 하시는 분이라 감내하였다.

1997년 외환위기의 타격으로 남편이 투자한 주식이 휴지 조각이 되었다. 몇 억의 빚을 지고 몇 년간 고생을 했는데 처음에는 타격이 컸고 도저히 회생이 불가했다. 교회 새벽예배에 나가서 처음에는 하염없이 울다가 내 죄를 깨닫고 나서는 빚을 해결해달라고 기도하지 않았다. 성령 충만함을 받으니 물질적인 어려움은 그대로였지만 정신적인 풍요로움은 그때가 제일 컸다. 우울증도 전혀 없이 몇 년간은 아주 잘 지냈다. 하지만 결혼 전과 결혼 후 돈에 대해 강박을 갖는 결정적 계기가 되었다.

지금은 웬만큼 먹고 살만한데도 지독하게 절약하며 산다. 아무리 시간이 촉박해도, 아무리 무거운 걸 들어도 택시 타는 법이 없다. 심지어 환승시간에 놓칠세라 어떻게든 환승을 하고 두 번을 갈아타더라도 환승을 하려고 한다. 전기세, 수도세도 아끼며 살지만 지금 아파트는 오래된 건물이라서 중앙난방식에 겨울이면 난방비가 엄청 나온다. 그런데 이렇게 아끼며 살아도 울증이면 극도로 돈을 안 쓰고 조증이 되면 충동구매를 하게 되니 고질병이 아닐 수 없다.

정신과 병원에서는 2주에 한 번씩 진료를 받으라고 하는데 그것마저 아까운 생각이 든다. 울증이 심해서 매일 누워 있으면 어쩔 수 없어서 가지만 약을 먹고 나으면 굳이 갈 필요가 있을까 하고 말이다. 병원에 갈 때마다 의사 선생님한테 혼난다. 양극성 정동장애와 우울 에피소드의 주기가 점점 빨라지고 치료도 점점 어려워진다고 한다. 아낄 걸 아껴야지 정작 중요한 병을 몇 십 년째 키우고 있다고 남편한테도 늘 핀잔을 듣는다.

백만 원 사재기

청계산을 가다가 입구의 스포츠 상점에 세일 문구를 보고 들어갔다. 참새가 방앗간을 못 지나가듯이 평소에는 무척 절약하지만 좋은 물건을 세일하면 눈이 뒤집힌다. 적어도 몇만 원 하는 모자가 2, 3천 원에 바지도 만 원. 이건 누구 주고 저건 누구 줘야지 하면서 사다 보니 백만 원 정도가 되었다.

나중에 알았지만 제아무리 좋은 물건이라도(내가 생각하기에) 상대방은 싫을 수도 있다. 특히 의류나 화장품은 각자 기호품이 있으니까 조심해야 한다. 결과적으로 돈만 날리고 후회막급이다. 조증이 아니면 그렇게 낭비하지 않았을 것이다.

이상하게 조증이 되면 돈 아까운 줄 모르고 사재기하는 습관이 있다. 옷도 세일이라고 하면 왕창 산다. 꼭 필요한 것인지, 집에 어떤 것이 있는지도 잊어버리고 판단력이 흐려진다. 힘들게 벌어서 헤프게 쓰고 다시 울증이 되면 자책과 후회,

늘 반복이다. 최근 몇 년은 옷을 전혀 안 샀는데 아직도 옷장에는 입지 않는 옷으로 가득하다.

울증이면 냉장고가 텅텅 비어 있고 조증이 되면 냉장고도 모자라서 김치냉장고까지 꽉꽉 찬다. 어느 날 동네 마트에서 엄청 많이 구매했더니 배달하시는 분이 "아드님 군대 가시나 봐요."라고 한다. 새벽에 일어나서 반찬을 만들고 밥상 가득하게 차리는 것이 즐거움이다. 반면 울증이 되면 언제 그랬냐는 듯 아침에 일어나지도 못하고 밥도 하기 귀찮아서 한 숟가락만 먹을 때도 있다. 주말은 더욱 스트레스를 받는다. 남편이 대신 라면이라도 끓여주면 간신히 먹는다. 도대체 중간이 없고 피해는 가족에게 고스란히 돌아간다.

그림 보관료가 천만 원

페북에 올린 글과 사진을 보고 해외에 거주하는 한국인 화가가 친구 신청을 했다. 배경 사진의 커다란 액자의 그림은 자신이 존경하는 학교 선배라면서 눈에 띄었다고 한다. 그는 본인의 기준에 따라 엄선한 사람들의 초상화를 그려준다. 돈을 받는지 안 받는지는 모르겠는데 내게도 관심을 보였고 한국에 나왔을 때 초면에 즉석에서 그림을 그려줬다.

개인전에 갔는데 그의 강연에 매료가 되었다. 순수한 선교사 같았다. 오프닝 때는 와인이나 다과회를 가지는 게 일반적인지는 몰라도 나는 공짜로 먹고 그림도 안 사고 있는 게 좀 미안했다. 더구나 그 많은 인원 중에 그림을 구입하는 사람이 한 명도 없었기에 어떻게 도울 방법이 없을까 쓸데없는 고민도 했다. 며칠 후 세 명이 모였는데 그중 한 명이 비행기표라도 구해드리자며 각자 천만 원씩 내고 그림을 사자는 것이었다.

내가 천만 원은 얼토당토않고 일단 그림 일부만이라도 보관해 주겠다고 했다. 그랬더니 화가의 사모님이 돈을 요구하는 것이었다. 속으로 '보관해 주는 내가 돈을 받아야지 왜 내가 돈을 내지?' 하고 생각한 것도 잠깐 뭔가에 홀린 듯이 일이 일사천리 흘러갔다. 남편에게 전화를 해서 천만 원이 급하니까 일단 이체해 주고 나중에 들어올 돈이라고 했다. 그림 4점 정도야 누군가 쉽게 사줄 줄 알았다. 결론만 얘기하면 몇 년이 지나도 사는 사람이 아무도 없다.

그림을 팔려고 하면서 알게 된 사실이 부자일수록 돈을 함부로 안 쓴다는 것이다. 투자가치가 있으면 모를까, 꼭 필요한 게 아니면 지갑을 쉽게 열지 않는다. 변호사 지인이 많아서 금세 팔 수 있다고 생각했는데 착각이었다. 혹여 관심을 보이면 카톡으로 사진을 보냈지만 소용이 없었다. 수채화그림은 유화보다 팔기 어려웠다. 왜 쓸데없는 오지랖으로 그림을 보관하겠다고 했는지 대신 돈을 내줬는지 후회막급이어도 이미 쏟아부은 물이다.

베트남 어학 연수비 송금사건

대학교 강의를 안 하게 된 이후 특허사무소에 자문역으로 나갔다. 매일 출근도 아니고 특별히 할 일도 없었다. 특허의 흐름에 대해 열심히 배우려는 자세도 없었다. 소장님 바쁘실 때 도와드리고 번역하는 일, 고객 관리 등을 했다. 1년에 한 번 정도 일본으로 출장도 갔다. 이 사무실에서 내가 있으나 마나 한 존재라고 생각하니 갑갑했다. 뭔가 다른 돌파구를 찾고 싶었다. 그러다가 생각난 것이 베트남이다.

갑자기 베트남에 6개월간 자비로 어학연수를 가고 싶은 충동이 일었다. 워낙 어학에 관심이 많고 앞으로 뭔가 할 일이 생기지 않을까 하는 막연한 기대감으로 즉흥적으로 정한 것이다. 남편과 의논도 안 하고 페북을 통해 알게 된 베트남 사업가에게 비자 수속비, 어학 연수비, 체재비 등을 송금했다. 남편이 펄쩍 뛰었지만 고집 센 마누라를 말릴 수는 없었다. 그런데 때아닌 코로나가 발생하여 갈 수 없게 되었고 체재비는 돌려받았지만 나머지 돈은 그냥 떼이고 말았다. 이런 즉흥적이고 무모한 결심, 지출 등이 조증의 현상이다.

~~~~~~

한강 번개모임

~~~~~~

갑자기 만나고 싶은 사람끼리 모이는 것을 '번개'라고 한다. 즉흥적이고 신명나는 한국 사람들에게 딱 어울리는 말이다. 일본 사람 같으면 뭔 일을 해도 몇 달 전부터 준비하고 계획하고 돌다리도 두드려 보는 자세인데 일본에선 어림도 없는 모양이다. 어쨌든 조증이 아니고선 할 수 없는 이벤트이다.

미국과 프랑스에서 각각 페친이 한국에 온다고 하기에 그에 맞춰 공동 페친들을 모으면 누이 좋고 매부 좋고 식일 거라고 퍼뜩 아이디어가 떠올랐다. 구체적인 준비사항은 생각도 않고 일사천리로 일을 진행했다. 먼저 초대 대상이다. 100명으로 정하고 직업별로 골고루 나누었다. 법조인 30, 기업인 30, 예술인 20, 교육자 10, 목사 등 기타 10으로 정한 후 일일이 참석 여부를 물어봤다.

100명이 참석하기 위해선 사전에 120~130명 정도에게 연락을 해야 한다. 미지수가 있으니까. 장소는 한강 이촌공원으로 정했다. 서울에선 한가운데이고 100명이 한꺼번에 앉을 수 있는 장소로 유력하다. 마침 천막이 있고 벤치가 120명이 앉을 수 있는 곳을 발견했다.

식사는 김밥, 떡, 피자, 음료, 수박 등 가장 많이 찬조해 주신 분은 가갑손 회장님이시다. 대체로 재능기부 강연을 하는데 그 외 아무 것도 안 하는 사람만 회비를 2만 원씩 걷었다. 나중에 통장을 확인해 보니 그것마저 안 낸 사람도 더러 있는데 양심도 없다. 요들송으로 관중을 석권한 이은경 요들협회 회장님, 목포에서 싱싱한 전복을 보내주신 박승옥 변호사님, 과일을 찬조하신 강신자 권사님, 최정주 권사님, 음향시설을 준비해 주신 김남국 대표님 등 고마운 분은 셀 수 없을 수 정도로 많다.

모임이 7월 4일이었는데 당시 비바람이 연일 심해서 과연 모임이 성사될 수 있을까 걱정을 했지만 그날만큼은 기적같이 맑은 날을 주셨다.

오병이어의 기적 모임 후기(김창순 대표님 기록)

일시 : 2018년 7월 4일 수요일 오후 6시~12시
장소 : 동부이촌동 한강 공원 및 박사님 아파트
주관 : 김현주 박사님
참석자 : 한상기 박사님 외 100명 이상

그동안 기대하고 과연 실제로는 어떤 모습으로 실현될 것인지 가슴 졸이며 기다렸던 '오병이어의 기적' 모임이 성황리에 개최되고 유종의 미를 거두어 기쁩니다.

저는 한 사람의 참석자에 불과했지만, 행사가 처음부터 끝까지 잘 되길 기도했고 과연 어떤 모습으로 행사가 진행될지 궁금했었습니다. 처음부터 끝까지 하나님이 계획하시고 진행하신 것이라고 생각합니다.

김 박사님이 그동안 베풀고 쌓아온 공덕으로 훌륭한 분들이 많이 모였고, 화기애애한 분위기 속에서 잘 진행된 보람되고 뜻깊은 행사였습니다.

어제 한상기 박사님의 개회사, 가갑손 회장님의 인사에 이

어서 이은경 회장님의 경쾌한 음악 연주로 시작된 분위기는 비온 뒤의 아름다운 한강변을 배경으로 그윽하고 편안한 분위기로 즐거움을 선사했습니다.

윤일원 박사님의 강의는 정말 좋은 내용인데, 장소가 야외라서 듣는 이들의 집중도가 떨어져서 아쉬웠습니다. 정택영 화백님의 에펠탑 드로잉, 김영란 교수님과 이구연 박사님의 열창, 기타연주 등 모두 감동적이었습니다.

2차 모임은 김 박사님 댁에서 변남석 작가님의 고난도 밸런싱을 봤는데 무척 신기하였고, 이구연 박사님의 '습관혁명' 강의는 압권이었습니다. 김영실 박사님의 유태인의 아동교육 등에 관한 강의도 참 유익했습니다. 자두, 수박, 김밥, 피자, 가래떡, 음료, 와인 등 모든 음식이 다 맛있었지만, 특히 박사님 집에서 먹은 삶은 전복은 정말 꿀맛이었습니다.

가냘픈 한 여인의 몸으로 '오병이어의 기적'을 창출한 김현주 박사님, 총괄적인 준비를 하신 김남국 대표님, 총괄적 후원을 하신 최달용 변리사님, 사진으로 역사를 기록해준 노형열 사진작가님 등의 헌신으로 일생의 추억이 될 행사를 잘 마쳤습니다.

이제 단톡을 통해시 김현주 박사님을 정점으로 한 장소에 모여서 노래하고 이야기하고 공부했던 인연을 아름답게 이어가기를 기도합니다. 모두 수고 많으셨습니다. 정말, 고맙습니다.

여행의 전후

"현주야, 발트3국(에스토니아, 라트비아, 리투아니아) 여행상품이 통신판매로 저렴하게 나왔는데 가지 않을래?"

"물론이죠, 같이 가요."

생각해 보고 간다거나, 남편과 상의 후 결정하겠다고 해야 하는데 무조건 예스우먼이다. 신청할 때만 해도 기분이 들떠 있어서 꼼꼼히 어느 나라를 가는지 살펴보지도 않았다. 동네 아는 언니가 권한 것이고 모처럼 함께 가는 해외여행이라 기쁘기만 했다. 으레 즐거운 여행만 기대하고 있었다.

그런데 한 달 후 드디어 출국을 앞두고 우울증이 찾아왔다. 신청할 때는 조증이었고 막상 떠날 때는 울증이 되어버린 것이다. 얼굴 표정은 굳어버리고 여행이고 뭐고 아무 관심도 없었다. 심지어 불안하기까지 했다. 같이 간 언니들 세 명과 나란히 길을 걸어도 음식을 먹어도 관람을 해도 그저 어두운 표성으로 아무 말도 안 했다. 억지로라도 웃고 떠들어야 하는데 마음대로 안 된다. 여행 내내 죄송한 마음뿐이었다. 언니들이 얼마나 난감했을까.

한 번은 교회에서 가는 미국 창조과학선교회 여행에 참여하였다. 역시 신청할 때는 조증이어서 비싼 금액에도 겁 없이 덜컥 이체해버리고 갈 때쯤 울증이 찾아왔다. 비행기에 몸을 싣는 순간부터 어두운 표정이 역력했다. 첫날 방 배정을 받은 룸메이트는 지방의 중학교 교사였다. 내 사정을 털어놓고 상담을 하니 잘 들어줬다. 신앙심이 돈독한 그녀는 커다란 카메라로 열심히 나를 찍어주면서 따뜻하게 말을 걸었다. 다행히 후반부터 기쁨을 되찾았다.

방학 때마다 일본여행을 자주 갔다. 일본사회를 강의하다 보니 준비가 많이 필요했다. 일본 사람들의 생활방식과 사고방식을 알려면 호텔에서 자지 말고 그 돈으로 선물을 하면 된다고 생각했다. 또한 이번엔 내가 신세를 지고 다음에는 우리 집에서 재워주면 되겠지 하고 생각했는데 참 짧은 생각이다. 일본인들은 특히 남에게 신세지는 것을 꺼리고 속내를 잘 안 비치는데 그걸 모르고 가까운 사이의 지인이 권하는 대로 숙박을 하였다.

아기자기하게 예쁘고 맛있는 식사를 대접받고 편하게 생활하다가 귀국하면 다시 울증이 찾아온다. 이제는 내 손으로 만들어야 하는데 귀찮은 거다. 일본 지인의 식구들과 재미나게 대화를 하고 즐거운 여행을 하다가 집에 오면 나 혼자가 되는 것이 외로워서일까. 물론 가족이 다 있는데도 울증의 어두움은 슬그머니 스며든다.

2008년인가 캄보디아에 남편과 여행을 갔는데 첫날은 좋았다가 이튿날부터 대인기피증, 의욕상실, 무관심, 만사 귀찮은 증세가 나타나서 여행은 완전 물거품이 되었다. 그 외에도 여행 중 우울증이 찾아온 예는 수없이 많다.

롤러코스터 부부애정

<조증일 때 아침출근 모습>

나: "지하에서 기사가 차를 대기시키고 있습니다. 잠시만 기다려주세요"

엘리베이터 올라오는 소리가 들리면 후다닥 나가서 문을 열고 대기한다.

나: "회장님, 잘 다녀오세요."

남편: "잘 하고 있구만. 하하"

<퇴근의 모습>

나: 현관에 무릎 꿇고 앉아서 "처자식 봉양하느라 오늘도 고생 많으셨습니다."

"얼른 침실에 들어가시면 머리부터 발끝까지 주물러 드리겠습니다."

남편: "오, 그래?"

나: "고객이 만족할 테까지 최선을 다하겠사옵니다"

"여보는 어쩜 이렇게 결혼을 잘 했어?"

<우울증일 때>

출근이고 퇴근이고 내다보지도 않는다.

나: "여보 미안해, 나 같은 사람하고 결혼해서 여보가 너무 불쌍해"

남편: "괜찮아. 여보가 그러고 싶어서 그런 것도 아닌데 좋아질 거야."

이렇듯 조울증의 아내는 시시각각 변화무쌍 남편을 즐겁게도 하고 힘들게도 한다.

다행히 남편이 살아있는 부처님 같아서 모든 것을 이해해주고 지금까지 내팽개치지 않고 잘 살아줘서 고맙다.

2부

나는 나대로 발버둥 쳤다

뉴욕 재활병원에 있는 시

큰일을 이루기 위해 힘을 주십사 하나님께 기도했더니
겸손을 배우라고 연약함을 주셨다.

많은 일을 해낼 수 있는 건강을 구했더니
보다 가치 있는 일을 하라고 병을 주셨다.

행복해지고 싶어 부유함을 구했더니
지혜로워지라고 가난을 주셨다.

세상 사람들의 칭찬을 받고자 성공을 구했더니
뽐내지 말라고 실패를 주셨다.

삶을 누릴 수 있게
모든 걸 갖게 해달라고 기도했더니
모든 걸 누릴 수 있는 삶, 그 자체를 선물로 주셨다.

구한 것 하나도 주시지 않았지만,

내 소원 모두 들어주셨다.

하나님의 뜻을 따르지 못하는 삶이었지만,

내 마음 속에 진작에 표현 못 한 기도는 모두 들어주셨다.

병원 치료

대학원을 마치고 극심한 조증으로 입원한 곳은 한일병원이다. 입원 중에 뛰쳐나와 집으로 온 적이 있다. 환자복을 입고 택시비도 없이 어떻게 집에 올 수 있었는지 기억이 안 난다. 이 일로 폐쇄병동이 있는 여의도성모병원으로 입원하였다. 빨리 퇴원시켜달라고 발버둥을 쳤으나 한 달 정도 치료를 받고 퇴원하였다. 극렬하게 반항하는 환자를 약으로 잠재웠겠지만 의사의 노고에 대해 새삼 죄송한 마음과 감사가 교차한다.

대학 강의를 잘 하고 있었는데 뜬금없이 찾아오는 우울증에 빠지면 버티다가 그래도 안 되면 병원을 갔다. 광장동으로 이사 온 후 아산병원에서 통원치료를 하였다. 이때 만난 의사선생님이 개업을 하셨는데 십여 년이 지나서 우연히 K병원 간판을 발견하고 들어갔다. 그 후로는 지금까지 주치의가 되었지만 매번 갈 때마다 약을 제대로 복용하지 않는다고 꾸지람을 하신다. 이 병원을 발견하기 전에는 고속터미널에 있는 C병원도 2, 3년 정도 다녔다. 두 분 모두 너무 착하셔서 내가 원하는 대로 기간을 오래 처방해 주셨다.

의사는 평생 약을 꾸준히 먹어야 한다고 하지만 고집불통인 나는 갔다 안 갔다 일정치 않다. 한 달 이상 우울증으로 괴로울 땐 찾아가고 정상일 땐(경조증) 안 간다. 조증일 땐 절대로 우울증에 안 걸릴 것 같은 자신감이 있는데 정말 이상하게도 높이 올라간 만큼 깊이 떨어진다. 항우울증 약을 먹으면 보름에서 한 달 정도 후에 의욕이 살아나지만 바로 조증으로 바뀌는 게 문제다. 그러니 규칙적으로 2주일에 한 번은 진료를 받는 게 맞다.

마음만 굳게 먹으면 나을 것 같은데 몇 십 년 동안 안 낫는 이유는 뭘까. 더 좋은 약이 나왔을 텐데 대학병원에 가면 약을 너무 많이 줘서 꺼려지고 개인병원은 신약이나 최신의 학술논문 정보 등을 제대로 연구하여 처방하는지 걱정이다.

신앙의 힘

주 안에서 항상 기뻐하라 내가 다시 말하노니 기뻐하라

— (빌립보서 4:4)

우울증일 때는 전혀 웃지도 않고 감정이 없는데 어찌 기뻐할 수 있을까. 성경 말씀대로 한다면 어떤 경우에 처하더라도 기뻐해야 하지만 현실은 불가능하다. 또한 6절에 보면 「아무 것도 염려하지 말고 다만 모든 일에 기도와 간구로, 구할 것을 감사함으로 하나님께 아뢰라」고 한다. 이것도 우울증, 불안증 환자에게는 통하지 않는다. 그럼에도 두 손을 꼭 잡고 기도했다.

'저의 죄를 용서하시고 제발 우울증을 거두소서. 밝게 웃을 수 있도록 도와주세요.'

병은 소문을 내라는 말이 있다. 교회 권사님과 집사님, 친구들에게 중보기도를 부탁하고 약을 먹으면서 간절히 기도

하면 든든하다. 절박한 마음으로 새벽예배에 갈 때도 있다. 기도 시간에 나는 5분도 안 되어 자리를 뜨는데 기도를 오래 하는 분들은 나라와 민족, 열방을 위해 뜨겁게 매달리니 시간 가는 줄 모른다. 신앙이 없는 사람이 들으면 믿지 않겠지만 지푸라기라도 잡는 심정으로, 낮은 자세로 기도하면 예수님은 불쌍히 여겨주신다.

찬송가를 부르는 것도 많은 도움이 된다. 가사가 나의 마음과 같을 때 하염없이 눈물이 나온다. 눈물과 웃음이 치료 효과가 있다는 것은 정설이 되었다.

고통의 멍에 벗으려고 (찬송가 272장)

고통의 멍에 벗으려고 예수께로 나갑니다
자유와 기쁨 베푸시는 주께로 갑니다
병든 내 몸이 튼튼하고 빈궁한 삶이 부해지며
죄악을 벗어 버리려고 주께로 갑니다

잠언 6장에 딱 내 모습이 등장한다. 시체 놀이하거나 드러눕기만 할 때 뜨끔하여 일어나려고 하지만 좀처럼 일어날 수가 없다. 그래도 채찍은 된다.

6:9 게으른 자여 네가 어느 때까지 누워 있겠느냐 네가 어느 때에 잠이 깨어 일어나겠느냐

6:10 좀 더 자자, 좀 더 졸자, 손을 모으고 좀 더 누워 있자 하면

6:11 네 빈궁이 강도 같이 오며 네 곤핍이 군사 같이 이르리라

귀가 얇은 나는 우울증 치료에 효험이 있다는 목사를 찾아가기도 했다. 먼 지방까지 내려가서 하룻밤을 잤는데 여자 목사가 밥도 차려주고 말씀과 기도로 온전히 나를 위해 애써 주셨다. 하지만 마귀를 쫓는다고 얼마나 몸 이곳저곳을 때리는지 아파서 죽는 줄 알았다. 신앙만이 능사는 아니다. 반드시 의사와 상담하고 약을 복용하는 것이 우선일 것이다.

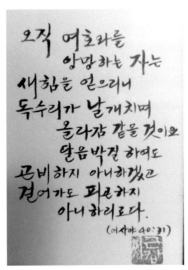

이근갑(교촌그룹 비에이치앤바이오 고문) 성경 필사

운동이 약

광장동에 살 때는 아차산이 가까워서 자주 등산을 했다. 산길이 순탄하고 가볍게 올라갈 수 있어서 마음이 울적할 때마다 가면 위로가 되었다. 앞은 아차산, 옆은 한강변이라 더할 나위 없이 좋은 환경에 살았다. 밤에도 무서운 줄 모르고 자전거로 구리까지 갔다 왔으니 에너지가 넘쳤다. 시상(詩想)도 잘 떠올라서 시를 여러 편 쓰기도 했다. 하지만 꾸준히 하는 게 아니고 들쭉날쭉 마음 내킬 때 한 거라 역시나 병원 신세를 져야 했다. 의지가 강한 사람이라면 약 없이 운동만으로도 울증을 막을 수 있을 것 같은데 예고 없이 찾아오니 속수무책이다.

3년 정도 에어로빅을 했다. 경쾌한 음악에 맞추어 신나게 몸을 흔들면 1시간이 언제 지나는 줄 모르게 재미있다. 선생님은 오랜 경험으로 1분도 안 쉬고 수강생들을 집중하게 만든다. 다른 사람들은 옷이 땀에 흠뻑 젖는데 난 땀이 안 나는 체질이라 그렇게 뛰고도 옷이 그대로이다. 끝나고 샤워를 하면 몸이 한결 가벼워진다. 물론 에어로빅을 한다고 병이 낫는 건 아니다. 도중에 울증으로 빠지면 수업도 빼먹고 점점 하기 싫어진다. 운동은 보조약일 뿐이다.

남편이 나가자고 안 하면 스스로 산책을 못 하는데 억지로라도 매일 한강변을 걸었다. 우울증일 때는 한 마디도 안 하고 걷고 조증일 때는 조잘댄다. 4계절의 변화를 고스란히 담은 버드나무 잎이며 풀잎을 바라보면서 내 마음도 때가 되면 변할 수 있다고 믿었다. 햇빛에 반사되어 강물이 보석처럼 빛날 때도 있지만 장마와 태풍이 할퀴고 간 후 흙탕물로 변할 때도 있다. 내 마음처럼….

집 밖에도 못 나가는 우울증 환자에게 운동이 좋다고 아무리 말해봤자 소용이 없다. 그럴 땐 먼저 약을 꾸준히 복용하여 의욕이 생기면 그때 자연스럽게 운동을 하게 하면 된다. 동네 헬스장이든 체육센터든 신청하고 의무적으로 다녀야 된다. 같이 다녀주는 친구가 있으면 금상첨화겠지만 돈이 아까워서라도 빼먹지 말고 다닐 수 있도록 가족이 도와줘야 한다.

~~~~~~~~~~~~~~~~~~~~~~~~~~~~~~~~~~~~

취미생활은 필수

~~~~~~~~~~~~~~~~~~~~~~~~~~~~~~~~~~~~

| 가야금

한국에는 가야금과 거문고 두 가지 종류가 있는데 일본과
중국은 각각 한 가지밖에 없다. 여기서는 가야금으로 통일
한다. 일본에 살 때 학교 동아리 활동으로 가야금(오코토お琴)을
선택했다. 종이에 선을 그려가며 외우고 열흘 만에 연주회에
나가는 등 속전속결로 배운 것이라 실력은 전혀 없다.

중국에 살 때 이웃 홍콩인한테 중고로 꾸쩡(古箏)을 구입

했다. 귀국하기 얼마 전에 사서 2개월밖에 배우지 못한 게 아쉽다. 중국의 악보는 계명이 아니라 숫자로 되어 있다. 물론 고전악기라서 그럴 수도 있겠지만 신기했다. 한국의 가야금과 다른 점은 의자에 앉아서 친다. 한국의 현의 수는 18현(25현도 있음)인데 중국 것은 21현이다. 손가락에 피크를 끼고 연주한다. 또한 가야금은 명주실로 현을 만들고 꾸쩡은 철로 만든다.

2006년인가 한국색소폰오케스트라 예수선교단에 입단하였다. 아들이 미국교환학생으로 가고 나서 외로움을 달래려고 뭔가를 해야 했기에 선택한 것이다. 수요성가대연습으로

저녁에 집을 비우는데 목요모임까지 참석하면 가정은 어떻게 하나 이런저런 갈등으로 처음에는 선뜻 모임에 못 나갔다. 다행히 현재 할 수 있을 때 지금 이 순간을 누리라고 남편도 적극 격려해줘서 발을 디뎠다.

색소폰의 협주가 그토록 아름다운 줄 미처 몰랐다. 사람에겐 모두 장단점이 있고 받은 은사가 다르다는 걸 어제의 협주에서 다시 한 번 절실히 느꼈다. 알토, 테너, 바리톤이 각각 다른 음색으로 연주할 때 얼마나 아름답고 웅장하던지···. 예전엔 높은 음이 잘 올라가면 노래를 잘한다고 생각했다.

자타가 공인하는 음치인데도 성가대를 할 수 있는 것은 높은 음은 자신 없지만 낮은 음은 잘 내기 때문이다. 모두 소프라노만 하면 밋밋하고 재미없을 것이다. 나 같은 음치도 저음의 바닥을 잘 받쳐주니까 멋진 화음이 나오듯이 색소폰도 하나, 둘만 들었을 때는 잘 몰랐는데 여러 사람들이 함께 하니까 너무 좋았다.

또 하나 좋은 것! 자신 없을 때 소리를 안 내도 된다는 것. 합창할 때 입만 벌리고 소리 안 내도 다른 사람들의 노래에 묻혀 얼버무려지듯이 어제 연습하면서 자주자주 그냥 손가

락만 누르고 소리는 안 내도 주변의 소리에 넘어가는 스릴이
무척 신났다.

　지금은 가야금도 색소폰도 내 곁에 없다. 모두 손쉽게 연
주할 수 있는 악기가 아니라서 몇 십 년 집구석에 처박혀 있
다가 결국엔 주인을 잘못 만나 떠나고 말았다. 우울증 극복
엔 취미생활도 필수이다. 에어로빅이나 수영 등 몸으로 하는
것과 피아노나 드럼, 어학 등 정서적인 부분을 다져주는 것
도 좋을 것이다.

수면의 중요성

우울증환자에게는 과다수면 또는 불면증이 문제되고 조울증환자에게도 마찬가지로 잠이 관건이다. 정신건강에 잠은 매우 중요한 문제이다. 나의 경우 우울증은 자포자기하면서 그냥 아무 것도 하지 않고 눕거나 자기 일쑤이다. 약을 먹고 한 달 정도 지나서 나을 즈음 정상은 하루 이틀 정도이고 바로 조증으로 돌아간다. 그러면 잠도 안 오고 두뇌활동이 활발해져서 잠을 안 자고 뭔가 하려고 한다. 이럴 때 약을 먹고 자지 않으면 활활 타오르는 불에 기름을 붓는 격이 된다.

웬만하면 항조증약으로도 잠이 오지만 그래도 잠이 안 온다면 수면제를 먹고 자야 한다. 남편의 코골이가 심해서 우리 부부는 따로 자는데 이것이 병 치료에 방해가 된다. 왜냐하면 같이 잔다면 내가 딴 짓을 못 하는데 남편은 다른 방에서 누우면 바로 잠이 드니까 슬그머니 몰래 일어나서 라면도 끓여먹고 뭔가 창의적인 일을 하려고 한다. 우울증이나 조울증 환자는 SNS를 피하는 게 좋다.

늦은 밤 먹방을 보면 먹고 싶어지고 페북의 경우 조증일 때는 게시글을 마구 써서 올리고 우울증일 때는 자신은 폐인인데 남들은 모두 잘 살고 있는 것 같아 더 자학지심이 생긴다. 조증일 때는 밤에 더 글이 잘 써지니까 더 잠을 안 자게 된다. 건설적이고 창의적인 글을 쓰는 것은 글쓰기 연습에도 좋지만 SNS의 글은 가능한 한 자제해야 한다.

20대 중반에 임신한 나는 대학원을 다니면서 거의 매일 밤을 샜다. 졸업해서 강의할 때도 밤을 새며 준비했고 나이가 50 중반이 될 때까지 밤새는 것을 밥 먹듯이 했다. 그 많은 날 밤샘만큼 지금의 조울증 병을 악화시킨 것이다. 이제 와서 후회한들 소용이 없지만 앞으로라도 수면시간을 뺏어서 건강을 잃으면 안 된다. 잠이 보약이다.

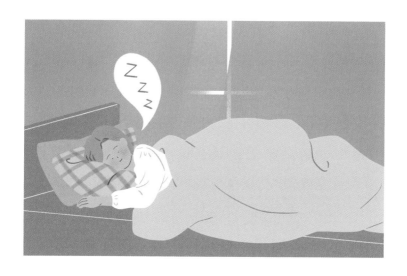

직업의 귀천

엄연히 직업의 귀천은 있다. 사회적 신분도 그렇고 수입도 큰 차이가 난다. 변호사, 의사 등 전문적인 직업과 육체노동의 시급과 어떻게 비교할 수 있는가. 하지만 나이 60이 넘어서 은퇴하고 나면 고정관념을 바꿔야 한다고 생각한다. 제아무리 대기업 임원이어도 정년퇴직하고 할 일없이 등산만 한다면 한 달 두 달은 좋을지 몰라도 사람에게 일이 없다는 것은 고역이다.

대학에서 강의를 하고 여러 사법기관, 공공기관에서 강의를 했지만 코로나 후로는 아예 강의도 안 하게 되어 나의 병은 더욱 깊어갔다. 별다른 취미도 없어서 집에만 있었는데 음악도 안 듣고 TV도 안 보고 책도 안 읽고 누워만 지냈다. 한마디로 시체놀이이다. 만사가 귀찮고 삶의 목표도 잃었다.

그러다가 용기를 내어 한식조리사에 도전해 보기도 하고,

요양보호사, 정리수납 전문가 등 자격증을 따기 시작했다. 조리사는 몇 점 차이로 실기에서 떨어졌다. 정리수납 전문가나 책 읽어주기 등 다양한 자격증이 실제로 일거리를 주지는 않았다. 요양보호사는 긴 시간 투자해서 실습까지 하고 시험을 보며 자격증을 땄지만 막상 하는 일은 가사도우미나 거의 똑같다.

베이비시터도 만만한 게 아니다. 만에 하나 사고라도 나면 큰일 나고 한국에서는 대체로 아기만 보는 게 아니고 아이와 관련된 가사를 해야 한다. 그러려면 차라리 단순한 청소와 빨래 등 집안일만 하는 것이 좋을지도 모르겠다. 시급은 대개 15,000원 전후이다. 20년 전 개인 레슨 1시간에 10만 원을 받고 일본어를 가르쳤는데….

자존심도 상하는 일이지만 시급도 한참 못 미치는 수준인들 어쩌겠나. 지금 내 나이와 현실이 그런 걸 감내해야 하지 않을까. 어떤 앱을 통하여 일본어 가르치는 일도 해보았다. 오래 가지 않고 수강료도 너무 싸다. 수요와 공급에서 공급이 넘치니까 배우려는 사람들은 값싼 선생님을 찾게 되는 것이다.

아이돌보미

어느 날 친구가 아이 학교 데려다주고 데려오는 일을 해보고 싶다면서 D앱을 소개해줬다. 이 앱은 가사도우미, 베이비시터, 등하원도우미, 아이돌보미, 간병 등을 매칭 시켜주는 소개앱인데 맡길 아이의 나이, 근무시간, 시작일, 주거지역, 급여, 상세한 부탁사항 등이 적혀 있고 면접비(없음/5천 원/만원), CCTV여부, 강아지/고양이 여부가 적혀 있다.

연락처를 알려면 30일 33,000원을 내야 한다. S앱에서 강의 매칭도 안 되고 돈만 날린 경험이 있는 나는 그 돈도 아까워서 안 내고 연락처(0590 등으로 시작하는 안심번호)가 뜨는 곳만 찾았다. 한 동네이고 좋은 조건 중에 연락처를 볼 수 있는 곳도 있지만 돈을 안 내면 알 수가 없다.

우선 이력서를 올리고 이리저리 둘러보니 재미있기도 하고 현 세태를 반영하는 것 같아서 씁쓸하기도 했다. 먼저 빈부의 격차이다. 일하는 여성의 한 달 수입이 얼마인지는 몰라도 신생아 입주 도우미는 3,4백만 원 이상이고 베이비시터+가사도우미도 250만 원 이상에서 그 전후이다. 그렇다면 최소한 5백만 원 이상은 번다는 것이다. 둘이 합치면? 전업주부이면서 가사도우미를 쓰는 가정도 많다.

그 다음 지역의 격차이다. 역시나 강남, 서초, 용산 지역은 값이 비싸다. 시급은 대체로 15,000원 전후이다. 나는 집에서도 청소를 거의 안 하고 반찬도 못 만드니 할 수 있는 것이 등 하원이나 방과 후 돌보미만 할 수 있겠다고 생각했다.

두 곳을 면접하였는데 떨어졌다. 첫 번째 집은 10개월 남아의 베이비시터+가사도우미인데 둘 다 경력이 없으니 불합격은 당연한 것이다. 그런데 아이와 놀아주면서 30분 이상을 보냈는데 면접비는 고사하고 물 한 잔도 안 내놓는 것은 좀 그렇다. 어쩜 잊어버렸을 수도 있지만.

두 번째 집은 초등학교 남아 3학년인데 가사 일은 전혀 없고 방과 후 국영수 등을 봐주는 것이다. 집에서 너무 먼 것이 흠이었는데 그것이 문제인지 아니면 무슨 이유에서인지 떨어졌다. 불합격 통지를 안 하고 아무 연락이 없는 것은 섭섭한 일이다.

세 번째는 상대방에게서 문자가 왔다. 아직 구직 중이냐고 해서 그렇다고 했고 면접을 봤다. 가사는 전혀 안 하고 여자아이 자매의 방과 후만 돌보는 것이었다. 매일 5시간과 토요일 7시간 근무이다. 시급 15,000원으로 한 달이면 2백만 원 정도 받을 수 있는 아주 좋은 조건이었고 합격하였다.

초등학교에 입학한 3월에 시작했는데 아직 적응이 되기도 전에 학교 12시 반에 끝나서 곧장 영어학원에서 돌아오면 4시 반에 여러 가지 (엄마가 임의로 내준) 숙제와 학원 숙제를 하려니 아이는 스트레스가 어마어마했을 것이다. 숙제 좀 같이 할까 하면 아이는 자지러지며 울고 너무 하기 싫어했다. 당근과 채찍으로 살살 달래가며 해야 하는데 여간 쉽지 않았다.

처음 하는 일이다 보니 요령이 없어서 아이를 많이 울렸다. 나 때문에 공부에 대한 트라우마가 생기면 어쩌나 하는 걱정에 고민을 거듭했다. 토요일은 9시부터 4시까지였는데 더욱더 시간이 안 갔다. 자매가 둘이 잘 놀았다. 그럼 나의 역할은 별로 없고 부모님 올 시간까지 하염없이 기다려야만 했다.
어머니는 어찌나 배려를 잘 해주는지 나의 고민을 잊게 해주셨지만 결국 열흘 정도 하고 나서 (오랫동안 하겠다는 약속을 저버리고) 용기를 내어 그만하겠다고 말씀드렸다. 후임 선생님이 올 때까지 일을 하기로 했는데 바로 찾았다. 마지막 날 나는 너무 슬펐지만 아이들은 아무렇지 않게 여느 때처럼 인사하고 헤어졌다.

~~~~~~

간병인

~~~~~~

간병인을 하게 된 계기는 중부여성발전센터에서 하루 교육을 받는 중에 요양보호사와 간병인 관련된 일을 소개받고서다. '닥터케어'라는 앱은 소개료도 없고 요양보호 관련 일자리를 찾는 사람과 필요로 하는 사람을 연결해 주는 것이다.

| 병원 간병

처음으로 한 일은 병원에서 5시간 간병하는 것이다. 코로나가 창궐한데 어딜 병원에 가냐고 남편이 거세게 반대하였다. 그럼 의사나 간호사는 모두 죽었겠다고 일침하고는 강행하였다. 병원에 출입하려면 백신 접종과 코로나 음성 확인이 필요하다.

병원에 도착하자 80세 정도의 여자 환자께서 어쩜 이렇게 곱고 예쁘냐고 하셔서 기분이 좋았다. 무슨 병으로 오셨는지 알 수 없지만 딸이 올 수 없는 시간에만 내가 간병하는 것이었다.

수술 전에 도착해서 거의 3시간 이상을 수술하고 나왔기 때

78

문에 환자를 돌본 시간은 고작해야 1시간도 안 되는 것 같다. 황송하게도 6만 원을 벌었다. 일을 마치고 돌아올 때는 환자를 꼭 안고 기도를 해드렸다.

| 재택간병

동작구는 집에서 가깝고 설날 연휴 4일을 하는 건데 명절 추가요금이 있어서 선택하였다. 물론 남편은 또 반대하였지만 꼭 설날에만 시댁에 가야 되냐, 그 전에 일요일에 가면 어떠냐, 어차피 다른 식구들이 모이는 것도 아니고 우리 가족과 시어머님이 식사 한 끼 하는 것인데 하고 항변하였다.

환자 댁에 가보니 조선 교포가 2년 동안 하루도 못 쉬었다고 했다. 몇 가지 주의사항을 알려주고 큰 가방을 들고 떠났다. 처음에는 소변 기저귀 갈아 끼울 때 냄새가 진동을 했지만 똥 기저귀는 어마어마했다. 거동을 못 하시는 분이고 침대에만 누워있는 와상환자였다.

미리 만들어놓은 장어탕과 몇 가지 나물, 계란찜을 드렸다. 전자레인지로 하면 좋을 텐데 냄비에 중탕으로 하는 것이다. 좀 짜게 되었다. 다음날은 미역국을 끓였다. 계란찜도 그럭저럭 괜찮았다.

둘째 날, 내가 저녁에 체했는지 토를 하고 메슥거렸다. 화장실에서 몇 번을 토하고 나서야 좀 정신을 차릴 수가 있었다. 환자분은 그 소리를 들었는지 "아니 몸이 그렇게 약해가지고 무슨 남을 돌본다고 해. 어째쓰까잉. 먼저 자기를 잘 돌봐야 쓰지" 하신다. 뜨끔하였다. 먼저 하시던 분께 전화를 했다. 멀리 계셔서 못 온다고 하신다.

셋째 날, 환자분은 참 유식하시다. 말씀도 잘 하시는데 어쩌다가 이 지경이 되었을까. 자녀도 다 소용없다. 늘그막에 남편도 없이 혼자 쓸쓸히 간병인에게 몸을 맡기고 언제 죽을지 하염없이 세월만 보내다니. 그 모습이 장래의 나일 수도 있다.

넷째 날, 드디어 원래 하던 간병인이 오전에 오셨다. 어찌나 반갑던지. 똥 기저귀 시범을 보고 따라 했는데도 엉성했는데 다시 보니 역시 손놀림이 다르다. 아주 깨끗하고 냄새도 안 나게 잘 하신다. 남편이 첫날도 데려다 주고 데리러 와줄 수 있는 거리어서 좋고 고맙다.

| 요리 간병
요리알바의 계기와 경위: 간병, 요양보호사 매칭하는 앱

에 '담도암 환자용 식사 준비 6시간 66,000원'이라는 일자리가 떴다.

> A: 암환자 요리를 해보셨나요?
> B: 네, 저의 시어머님 갑상선암 두 번이나 재발하셔서 요리해 드렸습니다.
> A: 식욕 없음, 변비로 힘들다고 함, 면접통지.

새벽 3시부터 깻잎전(사모님 용), 시금치나물, 미역줄기 데치고 된장국 등 기본요리를 준비했다. 뜻밖에도 이웃 언니가 차로 바래다줘서 전복죽이며 반찬을 바리바리 싸 들고 방배동으로 향했다.

남향의 깔끔하고 넓은 대저택, 회장님이 거실에 누워계신다. 인사를 드리고 수시로 말을 걸면서 요리도 했다.

> A: 아이구 법학박사님이 대학에 계셔야 하는데 이런 일을 해서야….
> B: 송충이가 소나무 잎만 먹을 수 있나요. 없으면 밤나무 잎이라도 먹어야죠. 호호호

페북에 올라온 댓글(브로콜리, 양배추, 전복죽 등)을 토대로 예상문제와 준비를 했건만 죽은 안 드신다고 거절당하고 부추를 좋아하신다면서 무치라는 명령이 떨어졌다. 조물조물 왠지 윤기도 없고 물기도 없어서 올리고당도 넣어보고 소금도 왕창 넣어보고 내 모습처럼 풀이 팍 죽은 반찬이 되어버렸다. 평생 겉절이도 해본 적이 없는 내가 마치 사기꾼 같았다.

속으로는 불안과 두려움과 후회 등이 밀려왔지만 겉으로는 태연하게 잘하는 척 칼질을 했다. 쌈장도 해본 적이 없는데 양파를 볶으라고 하니 기름 없이 볶은 후 매운 고추, 찐 고구마 가져간 것(싫어하신다고 하는데 변비에는 특효약이니까)을 으깨서 같이 섞었다.

드디어 밥상이 완성되었다. 휴우~

B: 회장님께서 맛있게 드셔야 제가 안 잘릴 텐데 부디 건강하게 드세요.

C(환자): 어서 드셔요. 다 같이 먹읍시다.

D(조선족 도우미): 부추가 너무 짜고 다네. (다른 반찬 맛있다는 말은 하나도 안 하고 굴젓만 먹어대는 모습이 어찌나 얄밉든지….)

집에 오니 문자가 왔다. "오늘 많이 애쓰셨어요. 저희가 몇 분 더 만나보고 결정하려구요. 미안합니다. 또 인연이 되면 만나게 되겠지요. 밝으셔서 오늘 기분이 업되었어요^^"

아~~부추무침만 성공했더라도···. 그럼 그렇지 내가 무슨 요리를 해. 다음날(채용과 상관없이) 돈도 많이 받고 너무 죄송해서 버섯가루와 일본에서 보내준 인스턴트 된장국 한 상자와 여러 가지 이고지고 가서 문 앞에 두려고 했는데 A가 한사코 사양한다. 내 생각이 짧았다.

만약 다른 사람을 채용하려고 한다면 나의 행위가 부담스러울 것이다. 범사에 감사해야 하는 이유를 다시 한 번 절감했다. 돈이 많으면 뭐하나. 대저택을 소유하고 예쁜 마누라와 보물 같은 손자 손녀가 있으면 뭐하나. 먹고 싶은 음식도 못 먹고, 먹어도 소화 못 시키고 죽을 날이 냉정하게 기다리고 있는 걸.

~~~~~~

베이비시터

~~~~~~

　베이비시터든 가사도우미든 주부라면 몇 십 년 동안 한 일 인데 막상 직업으로서 하려면 교육을 받아야 하고 경력이 필 요하다. 내일부터 신생아 시터 일을 시작한다. 교육도 안 받 았으니 두렵고 떨리는 마음에 용기의 방패와 선의의 창을 준 비했다. 아기는 자지러지게 울기도 하지만 방실방실 웃을 때 가 많아서 밝은 기운을 받을 수 있다.

　아주 경력도 많고 아이를 잘 돌보는 분의 경험담을 들었 다. 코로나 백신주사를 맞고 팔에 힘이 없어서 안고 있던 아 이를 그만 바닥에 떨어트렸다고 한다. 그 후 병원비 등 배상 도 하고 주인과 잘 해결되었다고 한다. 제아무리 경력이 많 아도 위험은 언제든지 도사리고 있어서 어려운 직업이다.

요양보호사

최근 몇 년 동안 전공과 관계없는 세상에 기웃거리며 닥치는 대로 자격증을 땄고 이번 토요일도 요양보호사 시험이 있다. 주변에서는 법학박사가 무슨 말이냐, 그에 걸맞은 일을 찾아 봐라, 번역이나 강의를 하라고 귀가 따갑도록 들었지만 세상의 변화에 대처하는 유연한 자세가 필요하다.

요양보호사는 고령이나 노인성 질병 등의 사유로 일상생활을 혼자서 수행하기 어려운 노인 등에게 신체활동 또는 가사활동 지원을 하는 직업이다. 그런데 가사도우미와 경계가 모호하다. 그러면서 시급도 낮다.

요양보호사 공부를 시작한 것은 2022년 5월 16일이다. 야간과정에서 매일 4시간씩 공부했는데 처음에는 엉덩이 가운데 부분이 밤중에도 아파서 잠을 잘 수가 없었다. 주간은 8시간이나 되는 대신 한 달에 끝나고 야간은 4시간씩 약 3

개월에 끝난다. 선생님은 더더욱 힘드실 거다. 낮부터 밤까지 계시는 분도 있다.

둘째 날부터 zoom으로 공부해서 그나마 편했다. 6시부터 10시까지인데 5시 반에 밥 먹기도 뭐하고 끝나고 나면 너무 배고파서 쉬는 시간 10분(그나마 출결사진 찍느라 5분밖에 못 쉰다)에 허겁지겁 밥을 먹었다. 남편에게 미안했다. 오랜 기간 혼자 밥 먹고 나까지 차려줬어야 하니까.

두꺼운 책이지만 내용은 평이했다. 너무 당연한 것을 한 시간 내내 선생님이 책을 읽으시며 설명하니까 지루하기도 했다. 특히 9시 50분에 수업을 마치는데 10시에 출결체크(고용노동부)를 해야 해서 억지로 시간 때우는 것이 못마땅하기도…. 좀 더 재미있게 가르칠 수 없을까. 만일 내가 가르친다고 해도 어쩔 수 없을 것 같다. 시간은 채워야 하고 내용은 뻔한데….

마지막 주에는 남산의 요양원에 실습을 나갔다. 그 당시 극심한 우울증에 빠져서 한 번도 웃지 않고 건성으로 다녔다. 나는 자주 우울증에 빠지는데 남들은 항상 밝은 나의 모습을 봐와서 이해할 수 없다는 반응이다. 겨우겨우 3개월을 버티고 드디어 8월 6일에 시험을 봤다.

선린인터넷고등학교에서(고등학생으로 돌아간 기분으로) 시험을 쳤다. 80문제 중 이론 35, 실기 45 각각 일정 점수 이상이어야 합격이다. 대체로 쉬워서 30분이면 다 풀 수 있었는데 시험시간 1시간 반을 꼬박 앉아 있어야 했다. 어찌나 지루했는지. 100점 맞으면 어떡하나 현수막에 수석 합격 등 별 상상을 다 하면서 혼자 착각을 했다.

저녁 8시에 국가고시원 정답 발표를 한다. 오잉 왜 이렇게 많이 틀렸어. 하나라도 더 꼼꼼하게 볼 걸…. 난 한 번 본 건 다시 보기 싫어한다. 책을 낼 때도 철두철미 교정을 봐야 하는데 보기 싫어서 나중에 오자가 많이 나오는 한심한 저자이기도 하다.

암튼 3개월 동안 고생한 내 자신이 너무 기특해서 마구마구 먹어댔다. 몸은 피곤하지만 날아갈 듯이 기쁘다. 발표가 나려면 여러 가지 검사를 거쳐 8월 23일까지 기다려야 한다. 별일 없기를 고대하며….

처음으로 방문한 집은 독거여성으로 거동이 불편하지 않

았는데 일정부분 다른 사람의 도움이 필요한 4등급이었다. 집이 아주 작아서 청소는 힘들지 않았다. 설거지와 빨래 등을 한 후 어르신이 TV를 볼 때 옆에서 쉬라고 했다. 나보고 고스톱을 칠 줄 아냐고 하기에 못한다고 했더니 실망하는 눈치였다. 며칠 후 잘렸다.

두 번째 방문한 집은 3등급 노인인데 아들 가족과 함께 살았다. 손자가 3명이니까 6명이다. 어르신에게 특별히 해야 할 일이 없어 주로 음식을 했다. 매일 6명의 반찬을 만드는 것이 보통 일이 아니다. 한창 자랄 때인 초중고 남학생들이라서 한 번에 갈비 2킬로씩 요리한다. 며느님은 내게 너무 잘해줬고 가능한 한 일을 조금만 하도록 배려하였다. 하지만 매일 대량의 음식을 칼질로 다듬고 조리하는 일이 버거워서 몇 개월 못 하고 그만뒀다.

| **2024년 요양보호사 첫날** (작년에도 여러 집을 해봤지만 다시 시도)

집에서 가까운 거리의 91세 독거 할머니를 돌보는 일이다. 건강하신데 귀가 좀 어둡고 옆구리가 많이 아프다고 하신다. 거동이 불편해서 이동 보조기를 이용한다. 첫인상은 좋으셨지만 여간 까다로운 분이 아니다. 청소할 때는 먼저 구석구석 먼지를 털고 나서 하라고 하신다. 걸레질도 방마다 다른

걸레로 바꿔서 하라고 하시니 조금 난처해졌다. '나를 가사 도우미로 생각하시나, 나는 요양보호사로 왔는데….'

설거지도 냄비 가장자리 검은 때를 깨끗이 닦으라고 하신다. 나는 시댁에 갈 때마다 시어머님이 설거지를 절대 안 시킨다. 남편이 내가 한 설거지를 보고 "어머님이 안 시킬 만 하네"라고 한 적이 있다. 집에서는 먼지가 솜방망이처럼 커지면 마지못해 청소기 돌리고 살았건만 이렇게 철저히 주부수업을 다시 받을 줄 몰랐다.

며칠 후 사회복지사가 왔는데 첫 번째 온 사람이 일을 제일 잘했다고 한다. 두 번째는 도둑년이라면서 이것저것 물건을 다 훔쳐 갔다고 아주 몹쓸 년이라고 하신다. 나를 가리키며 교수가 이런 일을 잘 할까 모르겠다고 걱정하는 눈치다. 며칠 후 어머님(이라고 호칭)이 나보고 어쩜 이렇게 명랑하고 상냥하냐면서 흡족해하신다.

무채나 청경채 등 반찬을 조금씩 해가면 갖고 오지 말라고 역성을 낸다. 그래서 내가 "어머님이 과자 주실 때 제가 싫다고 안 먹으면 좋으세요? 그냥 주거니 받거니 하면서 고맙다고 하면 되지요"라고 하니까 그제서야 웃으신다. 어머님은 이북 분이시라 우리 아버지 고향과 같아 억양이 낯익다.

　나보고 교수 하던 양반이 왜 이 일을 하냐고 물어보셔서 "저는 우울증이 있어서 육체노동을 해야 해요. 집에 있으면 누워만 있어요."라고 하니까 어머님 당신도 많이 외롭다고 하신다. 어머님은 어릴 때 부모님을 잃고 자식들도 다 멀리 살아서 너무 외롭다고 하신다. 나도 외로움을 많이 타는데 아마도 하나님이 어머님께서 저를 딸처럼 여기라고 보내 주셨나 보다. 근무를 마치기 전에 어머님을 위해서 기도하고 나온다. 나보고 기도도 청산유수라고 어쩌면 이렇게 기도도 잘하고 하는 짓이 예쁘냐고 칭찬을 하셨다. 요양보호사 입문 일주일 만에 쾌거를 올렸다. (2024. 5. 10)

가사도우미

법학박사까지 한 사람이 무슨 가사도우미냐고 남편도 결사반대하고 주변사람들이 어이없어한다. 하지만 내 병을 누구보다 잘 알고 그 치료법도 내 자신이 가장 잘 안다. 내가 가사도우미를 하려는 가장 큰 이유는 규칙적인 생활과 고정적인 수입이다. 일본어도 가르쳐봤지만 대학이 아닌 이상 개인적으로 하는 수업은 오래 못 가고 예전처럼 수입도 별로다.

남편이 정년퇴직했으니까 이전보다 절약하는 생활을 해야 하고 나름대로 용돈을 벌고 싶다.

조울증을 고치려면 규칙적인 생활을 해야 한다. 남을 도우면서 돈도 버니까 보람이 있다. 그동안 정신적인 일만 했으니까 이제는 머리를 쓰지 않고 단순한 육체노동을 하고 싶다. 가사노동은 제일 못하고 제일 싫어하는 일이지만 내가 하고 싶은 일을 하려면 안 해본 일에 도전해야 한다고 생각한다.

남들처럼 자율적으로 살지 못해서 나갈 일이 없으면 씻지도 않는다. 규칙적인 생활을 위해서는 무조건 일이 있어야 한다. 집에 우두커니 있으면 빈둥빈둥하게 되고 취미가 없으니 TV도 안 보고 음악도 안 듣고 유튜브도 안 보니 시간이 넘쳐흐른다. 주체할 수 없는 시간이 너무 괴롭다. 운동도 해보고 배우는 일도 해봤지만 노동과 수입이 내겐 더 중요했다.

집안일에 자신 있고 어느 정도 자녀가 컸다면 가사도우미를 추천한다. 아기를 좋아하고 소질이 있다면 당연히 베이비시터도 권한다. 작년에 의료통역 코디네이터 공부를 하였는데 의료통역이 시급 3만 원 수준이라는데 놀랬다. 통역도 2,30년 전에는 반나절에 30만 원 받았던 것 같은데 이렇게 지적 노동의 대가가 값없이 떨어질 줄이야.

남편이 정년퇴직하고 나니까(물론 그동안 나도 맞벌이로 일했지만) 갑자기 소득이 줄어서 불안했다. 경조사로 나가는 돈, 오래된 아파트의 관리비만도 겨울에는 70만 원(중앙난방식이라 온도조절이 안 됨), 대출비 등 일정한 수입이 없이 지출은 커보였다. 남편은 주식의 재주가 있다지만 미덥지 못했다. 아무리 생활에 지장이 없다고 큰소리쳐도 조그만 용돈이라도 벌고 싶다.

나도 맞벌이였고 가사도우미를 써봤으니 그 심정을 잘 안다. 예전에 『나쁜 여자가 성공한다』라는 책이 있었던 것 같은데 결혼한 여자가 일을 하려면 누군가의 도움을 받아야 한다. 친정엄마와 도우미의 도움 없이 어떻게 아이를 키우면서 일을 하는가. 지금 내가 하는 일이 누군가를 도와주고 있다면 기분 좋은 일이다.

언젠가 김진홍 목사님의 설교 테이프에서 "공부만 하는 박사보다 농부가 낫다"라는 비슷한 말을 들었던 것 같다. 그 말이 딱 맞다. 뻑 하면 밤새서 공부만 했더니 확실히 뇌의 손상이 온 것 같다. 이제 나이 60이 되어 아직은 치매가 아니지만 자주 잊어버리고 뭔가를 잃어버린다. 특히 유방암은 스트레스와 불면이 원인일 거라는 얘기도 들었다.

적당한 운동이 좋다는 건 누구나 다 안다. 육체적인 노동도 정신적인 연구만큼 중요하다. 55년 정도 공부만 하고 살았고 직장도 다녔는데 이젠 신경 쓰는 게 싫고 단순하게 살고 싶다. 삶의 균형을 찾고 싶다. 앞으로는 노동, 봉사, 배려, 이해, 평화⋯. 이런 단어와 친숙한 삶을 살아보자고 마음먹고 시작한 것이 가사도우미라면 거창한가.

솔직히 말해서 난 요리 젬병에다가 집 안 청소도 안 하고 주부로서는 완전 빵점이다. 그런 사람이 무슨 남의 집 가사 도우미를 한다고 하면 개도 웃을 일이다. 제일 싫어하고 제일 못하는 일이라도 몇 년 해보면 되지 않을까. 처음 당하는 집에게는 너무 죄송하지만 그런 나를 이해하고 응원해 준 분이 계시다.

요즘 다시 육체노동을 하고 있는데 주인 마음씨가 너무 예뻐서 일하기 편하고 감사하다. 같은 일을 해도 어떤 곳에서는 6시 퇴근인데, 일 다 마치고 30분 전에 나가려고 하면 사장이 뭐라 하는 게 아니고 동료가 "퇴근 6시 아니예요?"라는 문자를 보냈다고 하면 얼마나 기분이 상할까.

그런데 지금 하는 일터에서는 1시간이나 일찍 나가도 뭐라 하지 않는다. 일 다 했으면 가라고 한다. 점심도 사장이나 노동자나 똑같이 한우 한 덩어리씩 같이 먹는다. 무엇보다 규칙적으로 즐겁게 일하니까 우울증이 사라졌다.

3부

나는 내 삶의 주인공이 아니었다

엄마의 부재

나는 1964년 인천시에서 2남 2녀 중 셋째로 태어났다. 아버지는 세관에 다니셨고 어머니는 달러 장사를 해서 부유한 편이었다. 집에 심부름하는 필리핀 청년과 일하는 여성도 여러 명 있었다.

당시만 해도 귀한 물건인 TV, 전화기 등이 있었고 비싼 바나나와 딸기도 실컷 먹었다. 그뿐 아니라 항상 예쁜 옷을 입었던 사진이 여러 장 남아 있다. 아버지는 사진 찍는 걸 좋아하셔서 자유공원을 비롯한 명소에 찾아가 자녀들을 모델로 찍으셨다.

기억을 더듬어보면 다섯 살 즈음, 엄마는 스타킹에 달러를 채워 넣고 내 허리춤에 묶어서 심부름을 보냈던 적이 있다. 동네 한 바퀴 돌고 오라는 거였다. 나중에 안 사실이지만, 달러 장사는 불법이고 감시를 피해서 일부러 어린아이에게 일을 시킨 것이었다.

엄마는 밤새 달러를 세고 금고에는 전당 잡힌 귀금속과 달러가 가득했다. 오직 돈밖에 모르는 엄마와 아버지 사이가 좋지 않았다. 부모님은 자주 싸우셨고, 엄마는 장티푸스에 걸렸는데도 몸을 안 돌보다가 결국 병원에 입원하셨다.

초등학교 1학년 때 받아쓰기 종이를 들고 병원에 가면 엄마는 우리 딸이 천재라면서 간호사들에게 자랑을 했었다. 어느 날 엄마의 머리가 다 빠지고 해골같이 비쩍 마르셔서 난 두려움에 도망치듯 병원을 나왔다. 병원에서 1년 정도 입원하셨다가 30세 초반에 돌아가셨다.

맥아더 장군 동상이 있는 자유공원 밑에 제일교회 부설인 기독교재단 인성초등학교에 다녔는데 오빠 둘이 학비가 300원 정도 하는 공립학교에 다녔다면, 이 학교는 1,500원 정도 하는 사립학교였다. 집에서 멀지 않은데도 가끔 자가용을 탔는데 아버지의 지인 차였다. 지금의 내 마당발 성격은 아버지를 고스란히 빼닮은 것이다.

1학년 담임은 배신자(그러니 지금도 잊지 못한다) 선생님이었다. 예쁜 글씨로 또박또박 큼직하게 칠판 가득히 주기도문을 쓰시고 외우게 하셨다. 선생님이 노래도 잘하셔서 방과 후 발성 연습을 시키셨고 우리는 연안부두에서 KBS 동요 코너 촬영도 했다.

그때는 텔레비전에 나온다는 것이 무척 설레는 일로 방송 일자를 눈 빠지게 기다렸다. 그런데 정작 나만 제일 새까맣게 나와서 실망으로 끝났다. 어릴 때 기초를 단단히 배웠는데 왜 나는 아직까지 음치일까? 또한 학교에서 강조했던 반미안(반갑습니다/미안합니다/안녕하세요) 운동과 스마일 운동이 아침 방송에 나왔다.

2학년이 되는 개학식 날(1970.3.2) 엄마가 돌아가셨다. 학교에 오지 않은 내가 걱정되어 몇몇 친구들이 집에 찾아왔는데 나는 어디론가 숨고 싶었다. 엄마가 돌아가신 슬픔보다 왜 창피함이 더 컸는지 모르겠다. 엄마가 돌아가시고 얼마 안 되어 아버지는 젊은 새엄마와 혼인신고를 하고 제주도로 신혼여행을 가셨다. 새엄마와 서먹서먹하게 첫 대면하던 날. 우리 형제들은 아버지가 시키는 대로 별 저항감 없이 '엄마'라고 불렀다.

아버지는 공부 잘하고 비쩍 마른 나를 편애했다. 밥상에서도 맛있는 반찬을 나에게 더 얹어주는 아버지의 편애가 클수록 새엄마의 눈총은 따가웠다. 새엄마는 나를 유령인간 취급

했다. 큰고모가 한 동네에 살았는데 나보다 네 살 어린 고모의 딸을 엄청 귀여워했고 나는 찬밥 신세였다. 서러워서 내 방에서 혼자 울고 있으면 궁상떤다고 혼냈다. 학교에서 동화 읽기 구연대회가 있어서 거울 보고 몇 번이나 연습을 했다. 친엄마 같았으면 무척 칭찬했겠지만 새엄마라 관심 밖이었다. 네 형제 중 세 번째인 나를 제일 미워했다. 그때 받은 마음의 상처가 나이 60이 되도록 뿌리 깊게 자리하고 있는 것 같다.

새엄마의 나이가 되고 보니 엄마의 입장도 이해가 된다. 자기가 낳은 자식도 아니고 나이 차이도 별로 안 나는 아들 둘과 딸 둘의 엄마 노릇을 해야 했으니 힘들었을 것이다. 처음에는 겉모습에 반했겠지만 아버지가 자상하게 엄마를 보살펴 주시지 않고 나중에는 경제적인 어려움까지 있어서 해 보지도 않은 장사를 했으니 얼마나 괴로웠을까. 새엄마는 8년을 살고 결국 이혼하며 영영 볼 수 없게 되었다. 그 후로 계속 새엄마가 바뀌었다. 청소년 시절의 정서불안은 내 평생에 트라우마였고 아마도 조울증의 원인 중 일부일 수 있겠다.

방과 후에 아버지는 인천공설운동장으로 우리를 데리고 가셨다. 수영도 하고 스케이트도 탔다. 오빠들은 검정색 롱스케이트를 타고 나는 흰색 피겨스케이트를 탔다. 운동신경이 덜 발달된 나는 어릴 때 아버지의 열정적 교육에도 불구하고 어른이 되어서도 운동계통은 잘 못한다. 차라리 그 돈으로 피아노를 배우게 하셨더라면 얼마나 좋았을까 하고 종종 안타까운 생각을 한다.

3학년 때인가 송학동에서 숭의동으로 이사를 갔다. 아버지는 레이스용 비둘기를 수십 마리 키우셨는데 동물원에서  나 볼 수 있는 커다란 비둘기장을 지었고 정원에는 비석과 온갖 나무를 심어 잘 가꾸셨다. 우리 형제는 매일 새벽마다 비둘기 목욕물을 갈아주어야 했다. 비둘기 모이는 커다란 드럼통에 말린 곡물(율무, 수수 등)이 가득 있었다.

그 옆에 꼴뚜기 말린 통이 있었는데 수시로 먹었다. 내가 지금까지 깡다구로 버틴 것은 아마 꼴뚜기를 많이 먹어서인 것 같다. 우리들은 언제든지 동네 식품 가게에서 맘껏 간식을 사먹고 나중에 부모님이 계산하는 식이었다. 동네 친구들이 부러워했다. 『어깨동무』라는 잡지를 매월 구독하였다. 동생과 나는 의상실에서 쌍둥이처럼 똑같이 맞춰 입었다.

4학년 때 기한 내 수업료를 안 낸 학생들을 불러내서는 엎드려뻗치기를 한 다음 운동장을 뛰는 벌을 세웠다. 나는 왜 못 냈는지 모르겠지만 그날따라 교복 속에 빨간 내복이 보이는 반팔을 입어서 얼마나 창피했는지 모른다. 흰색 블라우스나 티를 입어야 하는데 그날 긴 팔이 없었나 보다. 한 번은 친구 몇 명과 집까지 버스를 타지 않고 한 시간 이상을 걸어서 왔다.

아마도 당시 버스비가 10원이었을 텐데 그 돈으로 크림빵을 사 먹고 우리는 어마어마하게 먼 거리를 걸었다. 집에 도착했을 때 엄마는 흔들의자에 앉아있었고 친구들을 반기는 기색은 없었던 것 같다. 몇 십 년 후에 친구를 만났을 때 가도 가도 끝없이 걸었던 추억담을 얘기해주었다.

5학년 때는 방과 후 발레반에 들어가서 열심히 발레를 배웠다. 그때 같이 한 아이가 유명한 발레리나 허용순이다. 6학년 1학기를 마치고 서울로 이사 왔다. 6학년 2학기부터 봉천동에 있는 관악초등학교로 전학을 갔다. 인천보다 서울이 대도시니까 대단할 줄 알았는데 봉천동에는 천막촌이 즐비

하였다. 우리 집은 공군 단지로 높은 지대에 있었다. 방과 후 집에 가자마자 얼음물을 담아서 선생님께 갖다드리곤 했다. 지금도 그 일을 회상해주는 친구가 하금주 시인이다.

1974년 겨울방학에는 동아일보에서 주최하는 제1회 착한 생활 일기쓰기대회에서 우수상을 받았다. 지금 생각해 보면 얼마나 솔직하게 썼을지 의문이다. 그래도 내게 조그만 필력이 있다면 어릴 때 일기를 쓰는 습관에서 비롯되었을지도 모른다.

중학교 시절- 집에선 암울, 학교에선 쾌활

중학교 1학년 때 이사를 왔다. 신림여자중학교에는 신림동, 봉천동에 사는 아이들이 대부분이었는데 나만 상도동에 살아서 등하굣길이 외로웠다. 인천 숭의동이나 서울 봉천동이나 대저택에서 살다가 상도동은 아주 자그마한 집이었다. 그것도 골목길로 올라가 지금까지 살던 집과는 아주 대조적이었다. 화장실도 동떨어져 있었다.

하루는 손님이 용돈을 주고 가셨는데 부모님께 얘기하면 뺏길 것 같아서 아무 말 안 했더니 엄마가 무척 화를 내셨다. 용돈 때문에 아버지와 엄마가 말다툼을 크게 하셨고 급기야 이혼하게 되었다. 이혼 후 새엄마는 자주 바뀌었다.

집에서는 불우하였지만 학교에서는 밝고 명랑했다. 교내 합창대회에 우리 반이 수상을 했는데 내가 지휘를 하였다. 두 곡 중 하나는 〈목장의 노래〉였다.

"흰구름 꽃구름/ 시원한 바람에/ 양떼들 풀파도/ 언덕을 넘는다/ 달콤한 흙내음/ 대지의 자장가/ 송아지 나무 아래/ 낮잠을 잔다/부르자 랄랄랄라/ 목장의 노래/ 벌판마다 초록빛 사랑 꽃 핀다."

노래 가사는 아직도 기억이 난다. 소풍을 갔을 때도 앞에 나가 마이크를 잡고 웃기는 이야기를 하는가 하면 봉사부장이나 기율부장 등을 도맡아 했다.

상도동으로 이사한 후 제일 먼저 한 일이 동생과 교회를 찾아 나선 것이다. 여러 교회가 있었는데 상도성결교회로 정하고 열심히 주일학교에 나갔다. '엄마'라는 이름으로 출입을 반복하는 여성들의 숫자는 셀 수가 없을 정도여서 암울한 청소년기를 보내야 했다. 그래도 주일학교에 가면 남학생들이 기쁨을 줬고 학교에서도 우등생을 유지하였다. 고등학교 입학원서를 낼 때 선생님은 서울여자상업고등학교에 가라고 했는데 친구가 성동여자실업고등학교(현재 성동글로벌경영고등학교) 교복이 예쁘다면서 유혹을 하였다.

고등학교 시절 - 모범생

고교시절 (필자)

중학교 때도 등하굣길이 외로웠는데 고등학교도 같은 동네에 사는 친구가 없었다. 상도동에서 신당동까지 버스를 갈아타고 다녔다. 비교적 단정한 학생이었던지 교문에서 아이들을 단속하는 기율부원이었고 전교에서 15명이 뽑혀 덕수상업고등학교 주관으로 실시하는 컴퓨터 교육도 받았다.

늦게 귀가하여 빨래하느라 항상 새벽 1, 2시에 잤다. 삼촌까지 6명의 식구 옷은 어마어마하게 많았다. 지금 같으면 각자 알아서 빨고 입으라고 했겠지만 그때는 당연한 걸로 알고 했다. 설거지도 하고 다림질도 하고 가녀린 손으로 어떻게 그 많은 일을 하면서 학교에 다녔는지, 아버지의 마음은 얼마나 애처로우셨을지….

불면증의 시초는 초등학생부터이지만 고등학생 시절이 가장 극심했다. 잘 먹고 부모의 사랑을 듬뿍 받아야 할 나이에 그렇지 못하여 발육부진과 정서불안정으로 이어졌다. 그나마 다행히 교회에 착실히 다녔다. 상도성결교회에서는 부회장을 맡아 교회 일에 적극적이었다. 고2 때 친구의 권유도 있고 큰물에서 놀자는 생각에 영락교회로 옮겼다.

고등학교는 원하는 학교도 아니었고 학교공부(주산, 부기 등)도 재미없어서 별로 추억에 남는 게 없다. 고2 때인가 예절교육으로 한복 입고 수련회 갔던 것, 학급문집 내느라 늦게까지 편집했던 것 정도 기억에 남아있다. 고3 때 주택은행으로 취직이 결정되었다. 성적순으로 한국은행, 외환은행, 투자금융회사 등으로 갔는데 성적대로라면 외환은행에 가야 했지만 이상한 일이 벌어졌다. 엄마가 학교에 찾아온 아이와 그렇지 못한 나의 차별로밖에는 설명이 안 되었다. 그래도 따지거나 물어볼 수 없었다. 담임 선생님은 아주 무서운 분이셨다.

1981년 가을부터 2년 남짓 주택은행의 영업부와 인사부에서 근무했다. 영업부에서는 지점장의 비서를 했고 인사부에서는 인사기록카드를 작성하였으니 은행원이라고 해도 돈을 세거나 고객응대는 하지 않았다. 당시 언니들이 개포동 딱지(?)를 사곤 했는데 재테크에 전혀 관심이 없는 나는 대학입시와 직장을 옮길 생각만 했다. 지금에 와서 후회막급이다.

매일 신문의 Wanted(구인 광고)를 보다가 일본은행을 발견했다. 주택은행 본점은 코리아나호텔에 위치해 있었고 마침 스미토모은행은 교보빌딩에 있어서 면접가기가 수월했다. 몇 명이 응시를 했는지 모르겠으나 2명이 뽑혔다. 국내은행보다 월급도 많았고 일본 주재원들과 같이 근무하니 조금 긴장은 되었다.

대학교 시절 - 주경야독

일본은행에 다니는 이유도 있어서 한국외국어대학교 일본어과 야간을 택했다. 6시에 수업이 시작되는데 6시가 되어도 퇴근을 안 하는 분위기였다. 5시 반에 나가도 지각이지만 어떻게든 30분을 일찍 나가기 위해서 1시간이나 일찍 출근을 했다.

미리미리 할 일을 해놔도 도저히 나갈 수 있는 형편이 안 되어 엄청 눈치를 살폈다. 가방도 청소아주머니 방에 넣고 몰래 빠져나왔다. 왜 지금 가냐고 따라 나오며 핀잔을 주는 여직원이 있었는데 너무 서러워서 엘리베이터 안에서 펑펑 울기도 했다. 그야말로 때리는 시어미보다 말리는 시누이가 더 미운 격이다. 지점장님이 한 번은 아버지를 만나자고 했다. 무슨 얘기가 오고갔는지 기억이 안 나지만 직속 상사는 암묵적 허용을 했다.

은행이 있는 교보빌딩에서 종각역까지 5분에 뛰어가고 도

중 포장마차에서 튀김을 한 두 개 후다닥 먹기도 했다. '달려라 하니'의 생활은 4년간 계속되었다. 5시에 퇴근하도록 배려해 주는 다른 은행 다니는 친구들이 부러웠다. 심지어 4학년 때 교생실습도 허락받은 친구는 지금도 고등학교 교사를 하고 있고 곧 교감이 된다고 한다.

대학교 시절 (필자)

1학년 때 C교수님의 수업 전에는 여학생들이 화장하느라고 화장실이 늘 북적였다. 일본에서 막 귀국하여 대학교에 처음 부임하신 파릇파릇한 총각(?) 교수님의 인기는 대단하였다. 또 한 분의 C교수님은 목소리가 나긋나긋하여 여성스러우면서 항상 미소 짓는 얼굴이었다. 두 분의 C교수님께 각각 산문문학과 운문문학을 잘 배웠다. H교수님은 EBS에서 강의를 하고 계셔서 낯이 익었고 경어 표현을 자세히 가르쳐주셨다.

문고판 일본소설을 늘 전철 안에서 읽었다. 나의 부정적 사고나 염세적 태도는 일본의 중세 수필의 영향인지도 모른다.

덧없고 무상한 내용이 많았던 것 같다. K교수님은 일본의 역사와 사회를 가르쳐주셨지만 시에도 조예가 깊으시고 인품이 훌륭하신 분이었다. 대학원 논문지도교수님이기도 하다.

4학년 때 '한일교류와 우호증진'에 대한 수필공모전이 있었는데 당선되어 15박 16일의 일본여행 특전이 주어졌다. 6개국에서 2명씩 선발되었고 당시는 해외여행이 자유가 아니었기 때문에 더욱 뜻깊었다. 나카소네 총리와 악수도 하고 일본 전역의 주요 관광지와 닛산 자동차공장을 견학하였다. 담배 피우는 여성이 생소하였고 식당 미닫이문이 자동으로 열리는 것도 신기하였다. 전통과 미래가 공존하는 나라에 대한 감상문이 일간스포츠에 기사로 실렸다. 일본 언론에서도 취재되어 마이니치 신문에 사진과 기사가 나란히 실렸다.

1학년 2학기 중간고사 기간에 복사집에서 우연히 지금의 남편을 만났다. 서로 눈이 마주친 순간 운명이 결정된 듯 호감이 갔다. 그래도 나는 시치미를 떼고 한사코 튕기기만 했다. 남편은 학과 사무실에 가서 수업시간표를 적고 수업 시간마다 쫓아다녔다. 3학년 때 강화도에 놀러가기도 하고 본격적으로 데이트를 했지만 4학년 때 일본으로 유학을 가는 바람에 일단 헤어져야 했다.

일본 유학 시절 - 나라교육대학

　　일본의 나라(奈良)교육대학은 1888년 奈良県尋常師範学校로 창설되고 1949년 奈良教育大学으로 발족한 유서 깊은 학교이다. 우연히 일본 문부성 국비장학생의 기회를 얻었다. 원래는 교내에서 시험을 보고 성적순으로 가야 하는데 남편의 친구 지인이 나라교육대학에 유학을 다녀온 뒤 추천서를 들고 온 것이다. 그렇지 않더라도 장학금을 받을 정도로 우등생이었기 때문에 아마 시험을 쳐서 갔다면 도쿄를 선택했을 것이다.

　　나라교육대학은 우리나라 경주와 같은 오래된 도읍지고 아주 조용한 시골에 있다. 가끔 동대사(東大寺)의 사슴이 학교 캠퍼스에 들어오기도 한다. 사회학과 교수의 추천이었기 때문에 사회학과에 소속이 되었고 수업은 주로 국문학과(일본에서의 국문학과: 일어일문학과)에서 들었다. 워낙 성격이 활발하여 온 교정을 휘젓고 다니면서 모르는 교수와 학생이 없을 정도였다.

지금에 와서 후회되는 것이 왜 사회학과에서 공부하지 않고 국문학과에서 공부했는가 하는 점이다. 한국에서 일본문학을 전공했으니까 당연히 일본에서도 국문학과에서 공부해야 한다고 생각했는데 장래직업 등을 고려했다면 사회학과가 교수 될 확률도 높았을 테고 여러모로 적성에 맞았을 것 같다.

처음 학교를 방문하고 인상 깊었던 것은 한국의 대학교와 달리 입구에 아무런 플래카드가 없다는 점, 건물 입구마다 우산꽂이가 있어서 우산을 꽂아놓는 점, 교수실 문 앞에 리포트 넣는 곳이 있다, 도서관에 학생이 별로 없다, 커다란 수영장이 있다, 교정에 사슴이 한두 마리 서성이고 있다, 자전거가 많다…. 등이다.

물론 서울에서 다닌 나에게 시골의 한적한 캠퍼스는 신기하고 생소했지만 보면 볼수록 정감이 가고 면적도 꽤 넓었다. 기숙사는 무척 오래되고 낡았다. 한 방에서 4명이 잤는데 며칠 정도 있다가 여학생 전용 하숙으로 옮겼기 때문에 기억이 잘 나지 않는다. 지도교수님이 필요한 가구와 주방용기, 생활용품을 마련해주셨다. 하숙은 2층집이었고 주인은 같이 살지 않았다. 학생들이 자체적으로 규율을 정해놓고 잘 지켜서 비교적 깨끗이 유지되었다.

한 달 정도 지났을 무렵 MT를 갔다. 첫 번째 놀라운 것은 교수님이 앞에 계신데도 자연스럽게 각자 자판기에서 음료수를 사먹는 것이었다. 우리 같으면 먼저 교수님 드리고 자기 것을 먹었을 텐데 하는 생각이 들었다. 두 번째로 술을 마시며 고성방가를 하는 학생도 없고 질서정연했다. 강연이 끝나고 나서 각자 정리정돈을 하며 깨끗이 청소하는 모습에 놀랐다.

동아리 활동으로는 가야금(お琴)반에 들어갔다. 들어가자마자 연주회가 있었는데 회장이 나도 함께 무대에 서자고 권하는 바람에 종이에 가야금 줄을 그리고 벼락치기 연습을 하였다. 산단시라베(三段調べ)라는 간단한 곡이었지만 무척 떨렸다. 일본 학생들은 기모노를 입고 나는 한복을 입고 연주했다. 끝나고 인터뷰를 했는데 목소리는 떨면서도 계속 미소 짓고 말했다.

몇 개월 후 방학이 되자 하숙집 학생들이 모두 고향으로 돌아가고 말레이시아 유학생(고교 수학 교사)과 나만 남았다. 처음 3개월은 한국의 위상을 드높인다고 그렇게 요란을 떨던 내가 소금에 절인 배추처럼 축 늘어졌다. 밤에는 잠을 못 자고 아침이 되면 이 하루를 또 어떻게 보낼까 누워서 고민만 했다. 시름시름 외로움과 두려움이 엄습했다.

나가기도 싫고 밥도 하기 싫고 아무 의욕도 없이 말레이시아 교사에게 밥을 얻어먹었다. 지도교수님은 완전히 바뀐 내 모습을 보고 깜짝 놀라서 보건 의사에게 데리고 갔는데 단순히 향수병(homesickness)인 줄 알고 그렇게 처방해 줬다. 약을 먹고 다시 뒤바뀌었다. 엎치락뒤치락 잠을 못 자듯이 나의 증세도 up down이 심했다. 나중에서야 조울증이라는 걸 알게 되었다. 짧은 유학 기간 1년을 널뛰기하듯이 보내고 귀국했다.

일본과의 인연

일본과의 첫 만남은 아버지가 정기 구독했던 『비둘기 친구
(鳩の友)』라는 잡지의 'の'라는 글자이다. 어느 날 일본인이 집
에 찾아왔다. 아버지는 일본어를 못하는 것 같았는데 고기를
굽고 술을 드시면서 연신 "아노, 노, 노"로 얼버무리면서도
화기애애한 분위기였다.

1970년대, 아버지는 한국비둘기협회를 창설하시고 비싼
외국 비둘기를 수입해서 정성껏 사육했다. 동물원 같은 커
다란 우리에서 약 100마리는 키운 것 같다. 매일 동네 하늘
을 나는 연습을 시키고 정기적으로 시합이 있는 날은 비행기
에 실어서 대구, 부산, 제주도로 날아가게 했다. 신기하게도
비둘기들은 대부분 집에 돌아오고 몇 마리는 영영 못 오기도
했다. 비둘기가 집에 도착하면 발목에 낀 링을 잽싸게 빼서
협회에서 나눠준 시계 박스에 넣으면 도착시간이 찍힌다. 그
것으로 우승을 가리게 된다.

두 번째 만남은 스미토모(住友)은행 서울지점의 근무였다. 지점장을 비롯한 일본인이 네 명 정도 있었는데 모두 빈틈이 없고 매뉴얼 인간처럼 철두철미했다. 대학에서 공부한 것보다 일본인이 소개해 준 펜팔 친구와 80년대 말 나라교육대학에 유학하면서 알게 된 주부와 주고받았던 편지가 나의 일본어 실력을 키웠다.

대학에서 가르치는 동안 거의 빠짐없이 방학 때마다 일본을 방문하여 지인 집에서 숙박했는데 이상한 점은 30년 넘게 이웃과 마주친 적이 없고 동네 사람의 떠드는 소리를 들은 적이 없다. 나라(奈良)는 정말 조용하고 평화로웠다. 사람들은 비둘기처럼 온순하고 예의 바르지만 어떤 면에서는 매정하다.

고부간의 갈등은 한국이 심할 것 같았는데 지인 중에는 부자지간에 발길을 끊은 집이 몇 있다. 며느리 입장에서 최소한 친정 부모님이나 시부모님의 생신, 제사, 어버이날을 챙기는 것이 당연한데도 일본은 그렇지 않은 것 같다. 가족 간에도 이웃 사이에도 거리가 있다. 도덕 수준은 최상이나 늘 긴장이 맴돈다.

한국외국어대학교 대학원

임신하고 일본관광진흥회에 취직하였는데 야간이 아닌 주간 일반대학원을 다니는 것을 허용하였다. 무거운 몸으로 이문역 전철 계단을 오르내리는 것이 무척 힘들었다. 그래도 수업에 안 빠지고 열심히 다녔다. 일본소설을 읽다가 목욕탕이 중간 소재로 나오는 게 의아해서 석사학위 논문주제를 '목욕문화'로 정했다. 원래는 문학전공이신 C교수님께 지도를 받으려고 했는데 안식년을 맞아 도쿄로 가셔서 K교수님이 지도해주셨다.

먼저 입욕의 역사와 풍속을 살펴봤더니 불교의 영향이 지대했다. 에도시대의 공중목욕탕(錢湯)은 상인계층의 서민(町人)들도 쉽게 이용할 수 있는 사교장을 겸했다. 당대의 목욕탕은 오늘날과 같이 물에 담그는 입욕 방식이 아니라 증기 목욕(무시부로)이었다. 남자 손님의 목욕 시 시중을 들어주는 탕녀가 있는 湯女風呂(유나부로)가 작품에 등장하고 이런 목욕탕

이 유곽을 겸하고 있다는 점 등 에도시대의 대표 소설가인 이하라 사이카쿠의 작품에 나타난 목욕문화를 샅샅이 분석했다. 이윽고 1992년 2월에 『西鶴文学に現れた風呂文化(사이카쿠 문학에 나타난 목욕문화)』로 석사학위를 받았다.

건국대학교 박사학위 과정

대학교수를 목표로 했다면 학부를 마치고 바로 석사, 박사를 연이어 한 다음 지도교수의 은덕으로 자리를 받았어야 한다. 하지만 나는 어릴 때부터 섬마을이나 시골 학교 선생님이 꿈이었다. 그런데 고등학교를 상업학교로 가서 은행을 다니고 야간대학을 나와 결혼 후 임신을 하여 대학원을 다니는 등 순조롭게 공부하지 못했다.

한국외국어대학교 일본어과 박사과정 중에 IMF사태가 터졌고 남편이 투자한 주식투자에서 큰 손실이 나는 바람에 공부를 계속할 수가 없었다. 그 후 50세 즈음 대법원에서 강의할 때 건국대학교 로스쿨 교수님이 연구관으로 함께 참여하셨다. 남편은 늘 내게 미안한 마음을 갖고 있어서 박사과정을 마칠 것을 권하였기 때문에 건국대학교 교수님께 상담을 했더니 흔쾌히 박사과정에 들어오라고 하셨다. 학부, 석사, 박사 과정 모두 일본어를 했던 내가 느닷없이 법학박사를 한 계기가 바로 이것이다.

학부에서 안 들은 학점을 채우느라 남들보다 몇 배나 고생했다. 이상한 건 수업 시간 내내 졸다가 수업이 끝나면 쌩쌩해서 매일 회의감과 절망감에 사로잡혔다. 도서관에서 무겁게 많은 책을 빌려와서 제대로 읽지도 못하고 반납하는 게 다반사였다. 매 수업마다 발표를 해야 하는 것이 커다란 중압감이었지만 교수님들은 나이 많은 학생의 편의를 많이 봐주셨다. 살얼음 위를 걷듯 매학기는 아슬아슬하게 끝났고 겨우 졸업시험에 통과하였다.

지도교수님의 배려로 어려운 민법이 아닌 내가 할 수 있는 범위에서 한일저작권법의 비교논문을 쓰게 되었다. 처음에는 도저히 논문을 쓸 엄두가 안 났다. 좌절할 때마다 교수님은 분량을 채우는 것이 중요하니 무조건 페이지를 늘리라고 권하셨다. 논문이든 수필이든 책을 내려고 하면 역시 시작이 중요하다. 우물쭈물 고민만 하다가는 아무 것도 못한다.

『한·일 저작권법의 발전사와 현행법제에 관한 상호비교연구』라는 제목으로 2015년 2월 간신히 학위를 취득하였다. 많은 우여곡절을 겪고 드디어 영광의 박사모를 쓰고 수여식에서 총장님으로부터 학위기를 받는 순간 눈물이 글썽였다.

평생 동안(童顔)으로 살 줄 알았던 내 얼굴도 늙었고 남편은 더욱 초췌해 보였다.

하지만 학위를 받았다고 달라진 것도 없다. 오히려 잘 다니던 서강대학교에 일본어과가 없어지면서 그만두게 되었다. 법원은 박근혜 대통령 탄핵 시절 사법파동으로 외부 강사 출입을 피했다.

이래저래 강의가 없어지고 할 일이 없어지자 우울증으로 고통 받게 되었고 그때 나타난 구세주가 바로 최달용 변리사님이시다. 내게 책상을 주시고 컴퓨터와 복사기를 맘껏 사용하도록 해주셨다.

원래 박사라는 것은 전문지식의 출발점이다. 계속 연구하고 정진하여 그야말로 전문가의 길로 가는 것인데 나는 성격에도 안 맞고 학위수여식 날로 스톱을 했다. 어느 날 S대에서 가르쳤던 제자가 모 대학의 교수로 있는데 페북에서 나를 발견하고 저작권법 강의를 부탁했다.

처음에는 기쁜 마음으로 수락을 했지만 PPT 만드는 법도 모르고 어떻게든 강의 준비를 하더라도 질문을 받으면 내 지식의 한계가 드러날 것 같아서 그만두었다. 또 한 번은 역시 S대에서 알게 된 모 교수가 대학원 강의를 부탁했다. 열심히 준비했지만 일본법이라 어려울 것 같아서인지 모집이 안 되어 폐강이 되었다.

건국대 박사과정

늦깎이 학생

제목을 이렇게 붙이고 나서야 늦깎이의 본뜻을 처음 알았다. 원래 나이가 들어서 머리를 늦게 깎은 중을 말하고 지금은 주로 늦게 공부를 시작한 사람을 가리킨다.

고교를 졸업하고 2년간 돈을 번 후 대학에 들어갔고 대학원은 결혼해서 임신한 몸으로, 일본어 박사과정은 더 늦게, 법학박사학위를 받은 것은 50대 중반이다. 나이 60에 시작한 공부는 서울시의료관광통역 코디네이터. 3개월간 교육을 받은 후 2024년부터 3년간 위촉된다.

대체로 가방끈이 긴 사람은 학력 콤플렉스가 있다는 말도 있다. 인생이 파국에 치닫다보니 어쩔 수 없이 제때 공부를 못 한 이유도 있지만 그저 공부가 좋아서이다. 오지랖 마당발 덕택에 지인들을 통해 무료로 공부할 수 있는 정보를 얻기도 한다. 일본에 국비장학생으로 유학을 간 것이나 국사편

찬위원회에서 일본고문서 연수를 받은 것이나 이번에 서울시 교육도 모두 지인이 모집공고를 알려줬기 때문이다.

그러고 보니 코로나 전에 베트남어를 배우러 가족을 제쳐두고 6개월간 유학을 계획했다가 무산된 적도 있다. 남편이 중국주재원으로 발령을 받아 상해에서 3년을 지냈는데 쨔오통 따쉬에(交通大学)에서 아줌마가 나이 어린 학생들과 공부하려니 좀 쑥스럽기도 했다. 이젠 아들도 결혼했으니 세계로 맘껏 공부하러 다니면 좋겠건만 발목을 잡는 이가 한 명. 그도 늦깎이 학생인 건 마찬가지로 대학에 늦게 들어와 나 같은 마누라를 얻는 찬스를 얻었다.

엄연한 암환자이지만 별 일 없다면 앞으로 2,30년은 뭘하면서 지낼까. 역시 공부가 최고다. 그중에서도 어학은 너무 재미있다. 이런 말은 뭐라고 할까, 표현도 궁금하고 새로 알게 된 단어가 보석보다 더 귀하다. 사람은 누구나 욕심이 있다. 다만 정도의 차이가 있고 어떤 분야에 관심과 욕심이 더한지 다를 뿐이다. 내겐 공부욕심이 과한 것 같다. 늦깎이도 좋고 제때 여물어도 좋으니 진득하게 오래 해볼지어다.

오늘의 주인

　우울증 환자에게 '오늘'이란 없다. 지난날의 후회와 내일의 불안에 짓눌려서 오늘을 자포자기하고 이불 속에서 나오지 못한다. 사지가 멀쩡해서 누워있으니 한심하고 자책하게 되고 그런 날이 쌓이다 보면 삶의 목표를 잃고 만다. 어떻게든 밖으로 나가야 하지만 의욕도 없고 용기도 없다. 내가 우울증에 걸리면 구석에 앉아 손을 모으고 입으로는 '어떡하지'만 내뱉었다.

　조울증 환자에게도 '오늘'이란 없다. 조증일 땐 오늘과 내일의 경계가 없이 무한정으로 시간을 쓴다. 일주일을 오늘의 24시간처럼 잠도 안 자고 팽팽하게 써도 에너지가 넘친다. 산꼭대기만큼 올라갔던 자신감과 의욕이 하루아침에 고꾸라지는 울증이 되면 깊은 수렁으로 빠져서 다시 오늘은 사라진다. 우울증이나 조울증이나 귀중한 선물인 오늘을 허비하는 것은 똑같다.

오늘의 주인이 되지 못하는 이유는 또 있다. 과거의 트라우마에 사로잡히는 것과 콤플렉스에 자신을 옭아매는 것이다. 정신의학자이자 심리학자인 알프레드 아들러는 프로이트의 '원인론'을 부정하고, 사람은 현재의 목적을 위해 행동한다는 '목적론'을 주장했다. 즉 자유도 행복도 모두 '용기'의 문제이지 환경이나 능력의 문제는 아니라는 것이다. 나는 아무래도 프로이트의 광신도처럼 원인과 결과를 굳게 믿었다. 엄마가 일찍 돌아가셨으니까, 청소년기에 정서가 불안한 상태로 자랐으니까, 돈이 없으니까, 여러 가지 콤플렉스가 있으니까…. 등의 이유 때문에 지금의 병을 평생 앓고 있다고 생각했다. 과연 아들러의 말이 맞을까? 고정관념을 바꾸고 아들러의 말처럼 과거를 잊고 용기를 내면 행복의 파랑새는 날아올까?

라틴어 카르페 디엠(Carpe diem)은 현재를 잡아라, 현재를 즐기라는 말이다. 즉 오늘을 소중히 하라는 뜻이다. 누구나 알고 있지만 실천하지 못하니까 강조하는 것이다. 중국인들이 애용하는 말로 "昨天的太阳晒不干今天的衣裳, 今晚的月光照不亮昨晚的身影."(어제의 태양으로 오늘의 옷을 말릴 수 없고, 오늘밤 달빛으로 어젯밤 그림자를 비출 수 없다)도 같은 맥락이다.

오늘을 선물이라고 한 이는 미국 제32대 대통령 Franklin D. Roosevelt의 부인 Eleanor Roosevelt(1884~1962)이다.

Yesterday is history

Tomorrow is mystery

Today is the gift

That is why, we call it the present

어제는 역사이고

내일은 신비의 세계이다

오늘은 바로 선물이다

그러므로 오늘을 현재 혹은 선물이라고 부르는 것이다

누구에게나 주어지는 선물을 왜 놓치는 걸까. 이미 지나간 일에 연연하고 경험하지 못한 내일을 어제에 꽁꽁 묶으며 오늘도 어제처럼 불행의 늪에서 허우적대는 병을 고치는 특효약은 없을까. 격한 운동을 하면 땀으로 배출되는가. 쇼핑을 하고 영화를 보고 친구들과 수다를 떨면 좋아질까. 심한 우울증을 겪어본 사람들은 그 어떤 것도 해결해 주지 않는 걸 안다.

그럼 약에만 의존해야 할까. 약을 장기간 복용해봤지만 그때뿐이고 근원적인 치료는 안 되는 것 같다. 가장 좋은 것은 억지로라도 규칙적인 생활을 해야 한다. 자율적으로 안 되니까 하기 싫어도 무조건 정해진 시간에 나가는 일을 찾아야 한다. 봉사도 좋지만 오래 하려면 어느 정도 의무와 책임감이 따르고 수입도 좀 있는 게 좋겠다. 걱정이 습관인 내가 오늘의 주인이 될 수 있는 길, "내일 일을 위하여 염려하지 말라. 내일 일은 내일이 염려할 것이요. 한 날의 괴로움은 그 날로 족하니라(마태복음 6:34)." 믿음대로 될지어다.

4부

중국 주재원 생활

집과 학교 알아보기

남편의 중국 주재원 발령으로 가족이 2002년 2월에 상해로 거주지를 옮겼다. 처음에는 모든 것이 낯설고 집 구하는 것부터 큰 문제였다. 다행히 조선족 부동산 중개사가 집도 알아봐 주고 우리가 원하는 대로 임시거처에서 옮겨가면서까지 좋은 집을 구해줬다.

이제는 아들 학교를 알아봐야 하는데 한국학기와 중국학기가 달라서 한 학기를 낮춰서 가야 했다. 한국학원 원장의 사모님(영어 선생님)께서 여러 군데 학교를 안내해 주신 후 가장 적합한 싱가포르국제상해중학교에 입학할 수 있었다.

식품과 생필품을 사러 까르푸에 갔는데 쌀을 중국어로 몰라서 rice가 어디 있냐고 하니 아무에게도 통하지 않았다. 그때 마침 한국어를 할 줄 아는 중국 여성이 가르쳐줬고 그것이 인연이 되어 그 여성의 언니가 있는 병원에서 치질 수술도 받았다.

선물 금지 품목

중국직원이 말하길 우산(傘)은 선물로 하면 안 된다고 했다. '흩어질 산(散)'과 발음이 같으니까. 중국어는 발음이 같아서 안 되거나 좋은 것들이 많다. 한자에서 같거나 비슷한 음을 '시에인 谐音[xiéyīn]'이라고 한다.

'시계 钟[zhōng]'은 '끝나다 终[zhōng]'의 발음과 같아서 선물로 하지 않는다. 또한 '시계를 선물하다'와 발음이 같은 '送终[sòngzhōng]'은 '임종을 지키다'라는 뜻이다. '종(鐘)[zhōng]'도 마찬가지로 금기품목이다. 공항 면세점에 보니 종 모양의 술병이 있었다. 실제로 종을 선물한 한국 업체가 있었는데 통역하는 사람이 매우 난처했다고 한다. '손목시계 手表[shǒubiǎo]'는 '매춘부 婊[biǎo]'와 비슷하니 조심해야 한다.

'부채 扇[shàn]'나 '우산 伞[sǎn]'도 안 된다. '흩어지다' 散[sǎn]과 발음이 같기 때문이다. 중국에서 '남자가 초록색 모자를 쓴다'는 말은 '부인이 바림피운다'는 뜻이기 때문에 중국 사람에게 초록색 모자를 주면 안 된다. 옛날에 매춘부의 남편이 초록색 모자를 썼다고 한다. 참고로 아일랜드에서 초록색은 행운을 상징하며 국가색이기도 하다. 성 패트릭 데이에는 사람들이 머리부터 발끝까지 초록색으로 장식한다.

이 밖에도 국화(흰색국화는 장례식 연상), 신발(鞋 xié와 邪 xié 同音), 배(梨와 離 동음), 거울(鏡子 jìng·zi와 禁子 jìn·zi: 교도관) 등도 중국인에게는 금지품목이다.

오지랖

3년 반 중국에서 살 동안 일본인에게는 한국어와 한국요리, 화교(싱가포르, 대만)에게는 일본어를 가르치면서 외교관처럼 활발하게 지냈는데 다시 우울증이 찾아왔다. 다행히 선교사 사모님과 요한복음을 읽으면서 어느 정도 치유가 되었다.

그때 목사님 댁에서 일하는 도우미의 일화를 소개한다.

| 백 위안의 기도

처음에는 왕 씨와 눈인사만 했는데 아들을 도와준 것이 계기가 되어 나만 가면 무척 반가워하고 속 얘기를 해주셨다.

평소처럼 왕 씨는 다림질을 하였고 나한테 자랑스럽게 다리미를 내보이면서 이것은 하나님의 기도 응답이라고 했다. 몇 달 전에 다리미가 너무 오래된 것이라 잘 다려지지도 않고 사모님께 사달라고 하기는 뭣하고 해서 기도를 했단다. '하나님, 선교사님 댁에 좋은 다리미를 선물해주세요. 아니면 제가 살 수 있도록 백 위안 하는 하는 다리미를 찾을 수 있게 해주세요'라고.

참고로 2005년 당시 가정부 월급은 조선족이 약 천 위안, 한족은 팔백 위안 전후였지만 왕 씨가 얼마를 받았는지는 모른다. 아마도 팔백 위안 이하였을 거다. 왜냐하면 선교사님과 왕씨네는 가족같이 지내는 사이였다.

그런데 우연히 지나는 길에 어느 회사가 망해서 집 앞에 수북이 짐을 쌓아놓고 아주 저렴하게 팔고 있었단다. 그중 다리미가 눈에 띄어 얼마냐고 물어보니까 새것인데도 그냥 백 위안(만 2천 원 정도?)에 가져가라고 했단다. 순간 왕 씨는 얼마나 감격했을까. 눈물을 글썽이면서 그때의 감동과 하나님의 살아계심을 힘주어 얘기했다.

혼자만 알고 있기에는 아까워서 메일로 쫙 지인들에게 〈백 위안의 기도〉란 내용으로 보냈는데 어떤 권사님이 삼백 위안을 봉투에 넣어주시면서 왕씨에게 전해 주란다. 바로 선교사님께 전달했고 또 다른 간증거리가 생겼다. 이 글을 2007년에 썼는데 당시의 기억을 더듬은 것이고 지금은 완전히 잊어 버렸다. 메모의 중요성을 뼈저리게 느끼고 있다.

요리사가 꿈이고 한국회사에서 일하고 싶다는 아들의 꿈을 실현해 준 것도 바로 오지랖의 역할이 아니고 무엇이겠는가. 중국에서의 에피소드도 많은데 그땐 Daum 메일로 지인들에게 전달하기 바빴고 달리 기록을 하지 않았다. 어찌된 이유로 다음 메일을 탈퇴하였고 귀중한 책 한 권은 날아가고 말았다.

민간 외교관

중국 상해에 살면서 민간 외교관의 역할을 톡톡히 해냈다. 엄밀히 말하면 대학교에서 일본어(전공)와 영어(부전공)를 공부한 이후로 외국인에게 한국을 알리려고 무던히도 애를 썼다.

상해에서 살던 아파트는 거의 일본인이었기 때문에 당연히 오지랖 마당발이 전 주민을 대상으로 휘젓고 다닌 것은 안 봐도 뻔한 일. 수영장이든 헬스장이든 만나는 사람마다 어느 나라 사람이냐, 여기 온 지 얼마나 되었냐 등 정해진 질문으로 대화를 이어갔다.

어느 정도 친해진 다음 일본인에게는 한국어를, 화교계에게는 영어로 일본어를 강의, 유럽인에게는 강의보다 그냥 친교. 식사할 때마다(어쩌다 맛있는 요리를 하면) 가족과 먹기 전에 먼저 위아래 돌리는 것부터 했는데 언제인가 코미디프로그램에서 이웃이 음식을 줬더니 "아휴 맛도 없는 걸 왜 이리 갖다 주고 난리야" 하던 대사를 보고 얼마나 뜨끔했는지….

한 번은 웃지 못할 해프닝도 있었다. 수영장에서 처음 본 사람에게 말을 걸었는데 한국여자였다. 몇 호인지 물어보고 서로 한 번 왕래했던가 기억이 가물가물하다. 잊을만할 즈음 남편 되는 사람이 아들이랑 수영을 하기에 그 여자의 안부를 물었다가 된통 혼났다. 그 여자는 이사 오기 전 불륜녀였다.

또 어떤 한국 남자는 혼자 살아서 특히 배려를 했는데 어느 날 수영장에서 웬 젊은 여자와 같이 수영을 하는 것이 아닌가. 배신감은 아니고 '저 인간도 불륜을 하고 있구만'하고 씁쓸하게 생각한 적이 있다. 이렇듯 오만 잡가지에 신경 쓰고 정말 못 말리는 여자다.

그러고 보니 1층에 사는 호주 여성이 나에게 딱 맞는 단어 "irresistible"을 말해줬는데 아마 그것이 '못 말리는'에 해당하는 것 같다. 특히 친하게 지냈는데(어느 누구와는 안 친한가) 그녀 가족이 귀국 후 몇 년 안에 호주 지진이 나고 소식이 끊겼다. 생사를 확인할 길이 없다.

한 번은 아파트 전체에 정전이 나서 주민들이 밖으로 나왔다.

우리 라인의 위층에 사는 핀란드 여성을 처음 알게 되었다. 그녀가 Mr. Cho를 아냐고 물어봐서 고개를 갸우뚱했다. 알고 보니 조용기 목사를 말하는 것이었고 그녀는 독실한 기독교인이어서 대화가 잘 통했다.

각자 귀국 후 몇 년 만에 핀란드에서 두 부부와 재회를 하였다. 핀란드라고 해도 각 지방에서 올라와야 하니 멀고 힘들었을 텐데 나는 유럽 여러 나라를 단체여행으로 가서 제대로 선물을 준비하지 못한 것이 두고두고 미안하고 후회가 되었다.

그중에서도 가까이 지낸 이웃은 자녀가 같은 학교(싱가포르 국제학교)였던 엄마들이다. 홍콩인, 싱가포르인, 말레이시아인 모두 화교라서 중국어, 영어를 동시에 구사했다. 몇 년 전에 싱가포르인 1이 한국에 왔고 얼마전 싱가포르인 2가 방한하였다.

남편이 3년 주재원 근무를 마치고 귀국 후 아들과 나는 상해에 남았다. 왜냐하면 학기를 마쳐야 재외국민 자녀 입시 혜택을 받을 수 있었기 때문이다. 같은 아파트 단지 안의 큰 평수에서 작은 평수로 옮겼는데 많은 양의 불고기며 동그랑땡, 김치 등을 만들다가 프런트 직원한테 냄새나지 않도록 주의를 받았다. 작은 평수는 프런트가 있는 입구건물에 있어서 바로 냄새가 퍼졌다. 민간 외교관도 요령껏 적당히 해야 하는데….

남들은 자녀 교육에 올인할 때 나는 한국의 좋은 이미지를 부각시키느라 동분서주하고 돌아다녔으니 아들이 과연 좋은 대학에 들어갔을까. 싱가포르학교 다닐 땐 게임에만 빠졌고 한국아이들하고 몰려다녀서 영어가 별로 늘지 않아 걱정되었다.

다행히 미국 교환학생으로 가서는 영어 스피킹이 획기적으로 늘었다. 호스트 패밀리의 아빠와 매일 영화 보며 대화를 했으니까. 귀국 후에도 과외 한 번 안 시켰는데 하나님의 은혜로 무난히 대학에 들어갔고 무사히 취직을 하였다.

상해의 아파트에서, 일본인들의 송별식

선교여행

상해한인연합교회를 다니는 동안 선교여행을 두 차례 다
녀왔다.

　1차 전도여행: 상해~천산~우루무치~시안~소림사
　2차 전도여행: 상해~쿤밍~다리~리장

기억을 더듬으면 첫날 2박을 기차에서 보내면서 여러 지
방의 중국 사람들과 얘기하던 장면이 제일 그립다. 상해에
정착한 지 3개월이었으니 말도 잘 못할 때인데 사전 뒤적이
며 손짓발짓 필기로 의사소통을 했는데 참 재미있었다. 어떤
사람은 엄청 길고 커다랗고 노란 과일을 줬는데 아주 맛있었
다(하미과).

천산(天山)에서 먹었던 양고기 맛을 잊을 수 없고 우루무치
청포도를 먹고 싶고 윈난에서 봤던 샹그릴라의 비경도 다시

보고 싶다. 말이 전도여행이지 대놓고 선교했다가는 다 잡혀 가니까 이름은 땅 밟기 기도여행이다.

당시 인솔하셨던 목사님과 아이들은 지금쯤 어디서 무엇을 하고 있을까. 농심 중국대표님의 아들이 특히 잘생기고 기타를 잘 쳤는데 대학생이었던 것 같다. 오늘 말씀 골로새서 4:10~18를 묵상하다가 갑자기 중국 추억이 떠올랐다. 바울은 감옥에 있으면서 친필로 안부를 전하며 은혜를 기원했다.

나는 혹여 전도하다가 공안(중국 경찰)에게 걸리면 오리발 내밀면서 무슨 말이야(뭔말이야)라고 하려는 맘에 이멜 아이디를 monmaria라고 정했다. 중국에 살면서 나름 전도를 많이 했는데 그 축복은 한국에 귀국하며 넘치도록 받았다.

하나님을 잘 믿는다고 전도 잘한다고 세상적인 축복을 누릴 거라는 착각은 오산이다. 영육간의 힘은 여호와를 의지할 때 비로소 생긴다. "오직 여호와를 앙망하는 자는 새 힘을 얻으리니 독수리가 날개치며 올라감 같을 것이요 달음박질하여도 곤비하지 아니하겠고 걸어가도 피곤하지 아니하리로다"(이사야 40:31)

우울증 치유

2004년 중국에서 살 때 또 우울증이 찾아왔다. 처음에는 온 아파트를 돌아다니면서 모르는 사람이 없을 정도였는데 언젠가 갑자기 소금에 절인 배추처럼 의기소침하게 되어 웃음을 잃었다. 이웃들은 이상하게 생각하고 걱정스러운 눈빛을 보냈다. 일본인 이웃이 반찬도 주고 화교친구들은 어디론가 데리고 가주고 했다. 하지만 쇼핑도 여행도 좀처럼 도움이 되지 못하고 불면증은 계속돼서 병원에 갔다.

병원 약을 먹어도 효험이 없어서 선교사 사모님 소개를 받아 한 달 정도 요한복음을 읽고 묵상하면서 자연히 치유가 되었다. 매일 한 장씩 쓰고 질문지에 답을 쓰는 형식이다. 일주일에 한 번 선교사님 댁에 가서 밥도 먹고 대화를 했다. 우울증은 누군가와 대화를 하고 잘 먹으면 고쳐진다. 집에 있지 말고 무조건 나가야 한다. 햇빛을 보면서 산책하면 좋겠지만 우울증 환자가 한 발짝 집을 나가는 게 쉬운 일은 아니다.

좋은것만 생각하고
행복만 바라보기
kkotdam_calli

안경희 캘리그라피스트

5부

일상의 단상 斷想

~~~~~~

L의 유혹

~~~~~~

시험을 칠 때 마감 시간이 되었는데도 시험지를 제출할 생각은 않고 한 글자라도 더 쓰려고 끈질기게 버티는 학생이 있다. 낮에는 졸려서 못 하겠고 밤에는 자야 함에도 3시, 4시까지 도무지 졸리지도 않고 의욕이 마구 생기는 내 모습이 마치 그런 사람 같다.

언젠가 위에서 부르시면 하던 일을 멈추고 모든 것을 내려놓고 가야 하건만 발버둥 치며 현재를 아쉬워하듯 하루가 지난 이 시간에도 좀처럼 어제를 양보하지 못한다. 좀 더 하려는 욕심!

남편이 대전으로 발령이 나서 말로만 듣던 주말부부가 되었다. 앞집은 아내가 지방대학 교수라서 주말에 올라온다. 마주하고 있는 이웃에 한 집은 여자 혼자 일주일을 보내고, 한 집은 남자만 남는 이런 묘한 세상이 어디 있나. 앞집 남편

150

은 정말 순진하고 착하게 생겼다. 소설에나 나올 법한 이상야릇한 스토리. 상상의 날개를 접어야지.

L씨는 자주 내게 편지를 보낸다. 아주 자상하고 구체적으로 자신의 근황을 보내주지만 내 기분에 따라 읽기도 하고 무시하기도 한다. 나를 이성으로 생각하지 않는다고 하니 그냥 맘 놓고 상대할 뿐인데 한동안 연락이 없으면 은근히 궁금해진다. 내가 싫어졌나?

이젠 마음의 결정을 단단히 했나 보군. 나야말로 유혹의 씨앗을 근절하려고 몇 번이나 다짐했건만 그의 편지를 받으면 이내 무너진다. 만나고 싶다. 어제도 만났고 오늘도 만났다. 헤어지고 돌아오는 길은 착잡하다. 어깨, 팔다리가 아프고 후회가 된다. 왜 가까이 사는 사람에게 만족하지 못하고 멀리 있는 그를 찾을까. 소탐대실!

그는 우리 집 가까이에 산다. 걸으면 20분 정도이고 자전거 페달을 쌩쌩 밟으면 10분이면 족하다. 그는 돈도 많아서 직원을 많이 부리고 있고 내가 원하는 것이라면 다 줄 수도 있다. 다만 다음 달에 잊지 않고 내가 쓴 만큼 청구를 하는 습관이 있다.

야박하게도 거저 주는 법이 없다. 난 그저 시중의 반값도 안 되는 수박이 좋아서 그를 찾아간 건데 내 시선과 발길이 거기에만 머물지 않는다는 걸 눈치챘는지 꼭 그와 같은 걸로 미끼를 던진다. 그는 내게 너무 많은 것을 유혹한다.

그와 나는 공통점이 있다. 만족을 모른다는 것이다. 그는 재벌이어도 더 많은 것을 가지려고 온갖 술책을 써서 나를 대하고 나는 언제나 절약한다고 하면서도 조그만 것에 욕심 부리다가 많은 것을 잃는다. 나와 가까이 사는 다른 이들은 영세업자라서 L씨만큼 싼 값에 물건을 팔수가 없다.

그러니 나는 점점 L씨와 이별할 수 없는 것이다. 그를 뿌리칠 수가 없다. 그는 테크노마트 지하에 산다. 이미 아셨겠지만 편지는 무차별로 넣어주는 광고전단! L은 롯데마트!

> * 이 글은 2007년즈음 긁적인 건데 지금도 여전히 그의 유혹을 과감하게 뿌리치지 못하고 있다. 그 덕분에 얻은 것은 목, 허리의 병이다. 늘 파스를 붙이고 살고 병원에 가봐야 뾰족한 수도 없다. 한의원에서 침을 맞는 것은 임시방편일 뿐이고 '소탐대실'이라는 불치병은 평생 이고 가야 할 짐인가 보다.

K와의 만남

1987년 나라(奈良)에 유학 왔을 때 Y씨(당시 나라시 관광과장의 아내)로부터 K를 소개받았다. 당시 47세의 주부였는데 한국의 역사와 언어에 관심이 많아 천리대학(天理大學) 조선어학과에 청강생으로 다니고 있었다.

그녀의 남편이 "이왕 공부하는 거 한국에 유학을 가보면 어떻겠냐."고 권해서 3개월 연세대어학당에 유학하기로 하였고 나는 즉시 동생에게 K가 서울에 있을 동안 잘 보살펴 달라고 부탁했다.

K가 유학을 마치고 귀국한 후 동생에게 한 달간 홈스테이 기회를 줬다. 그 이후로 동생과 나는 K의 친딸처럼 30년 가까이 편지를 주고받으며 한국과 일본을 왕래하였다. 처음에는 K의 성격과 내가 딴판이라서 친해지기 어려웠다. 부인은 나보다 동생을 더 예뻐했고 남편은 나를 더 좋아했다.

나는 덤벙대고 수다스럽고 정리 정돈을 못 하는데 반해 K

는 조용하고 차분한 성격에 언제나 집 안이 깔끔하고 뭐든지 원리원칙대로 조금도 흐트러짐이 없는 반듯한 사람이다. 동생은 착하고 반듯하며 나보다 훨씬 깊은 인간미가 있다.

인생의 굴곡이 파도를 타고 넘실대는 동안 우리의 우정도 원근의 간격이 있긴 했지만 다행히 지금까지 끈이 이어져서 서로에게 기쁨과 위로가 되는 친구가 되었다. 처음 만났을 때의 K 나이를 훌쩍 넘어 내게도 장성한 아들이 있고 K에게는 손자 둘이 생겼다.

K는 한국어 공부와 관광안내자 자원봉사자로 평생을 바쳤고 나는 일본어 공부와 강의로 수십 년 보냈다. 지금처럼 이메일이 없던 시절 나누었던 편지가 살아있는 교과서였다. 유행가 가사나 시를 내가 먼저 번역해서 보내면 첨삭지도를 받기도 하면서 서로의 어학 실력을 키워갔다.

노래 테이프, 시집, 소설책 등 주고받은 것만도 한 트럭은 될 것이다. 내 아들이 자랄 때마다 장난감 등 선물도 숱하게 보내줬다. 물론 주거니 받거니 식인데 '되로 주고 말로 받는다'에 해당하는 '海老(えび)で鯛(たい)を釣(つ)る(새우로 도미를 낚다)'라는 말을 가르쳐줬다.

내가 보낸 편지는 볼 수 없지만 그녀가 보낸 편지뭉치를 언젠가 책으로 내보고 싶었는데 얼마 전 과감히 버리고 나니 또 후회막급이다. 서로 관심사와 취미가 비슷하여 둘도 없는 친한 사이가 되었건만….

그런 K가 갑자기 유방암이라는 진단을 받고 말기암 투병 중이라서 박사논문이고 뭐고 만사를 제치고 종강하자마자 K에게 달려갔다. 현관에서 마주친 K는 바싹 말랐고 난장이로 변해 있었다. 원래 몸집이 작았지만 이렇게 마를 줄 몰랐다.

방사선 치료 중이라는데 집안 살림은 변함이 없었다. 우리 같으면 설거지를 줄이기 위해서라도 한 접시에 반찬을 담아 간단하게 먹을 텐데 나까지 세 명의 반찬을 각각 알록달록 접시에 각자 담아놓았다. 왜 그렇게 하냐고 하니까 일본문화라고 한다.

K의 방에는 텔레비전과 강아지 두 마리, 손 가까이 닿는 곳에는 한국 책이 놓여있었다. 자기 인생에서 가장 즐거운 것은 한국어 공부였고 죽기 직전까지 한국어가 곁에 있을 거라고 한다.

저녁을 먹고 나서 유언을 녹음했다. "내가 죽으면 이 집과 모든 재산을 김현주에게 주겠습니다." 협박 아닌 공갈로 장난을 치며 깔깔대며 웃었다. 옆에 있던 아저씨에게는 증언을 해달라고 했더니 순순히 따라 한다.

같이 누워서 시집을 읽어드리기도 하고 성경책을 읽기도 했다. 나를 따라서 기도하라면서 예수님 영접기도도 하였다. K에게는 아들, 며느리, 손자 둘이 있는데 며느리와 사이가 안 좋아서 왕래를 안 한다. 아무리 애지중지 키운 자식이라도 어떤 며느리, 사위를 맞이하는가에 따라 노년의 희비애락이 교차하는 것 같다.

얼마 전 일본에서는 보기 드문 기독교식 장례식에 가봤더니 보통 불교 장례식과 다르게 맘에 들었다고 한다. 불교식은 스님이 그저 독경하면서 형식적이고 가족과 고인과는 아무런 관심도 관계도 없는 것 같았는데 기독교식은 목사님이 알아듣기 쉽게 설교를 하며 고인에게 깊은 애도와 가족과도 절실한 슬픔을 공유하는 것처럼 보였다고 한다. 그렇기에 더욱 내가 말하기 수월하였다.

인간의 수명은 내 의지가 아니고 운명에 가깝다. 인명재천 아닌가. 기독교인은 하나님의 섭리라고 생각할 것이고 불교를 믿는 사람은 윤회설에 따라 순환되는 것이라 생각할 것이다. 가까운 사람의 임종을 지켜보는 것, 간호하는 것, 내 나이가 먹어가는 만큼 빈번히 다가오겠지만 4계절 옷을 갈아입는 나무처럼 태연하리라. 눈부시도록 찬란한 햇빛이 버거운 날도, 살을 에우는 차가운 바람도 다 견뎌야 하는 나무처럼….

K의 투병 등을 통하여 정신없이 지내는 나의 일상도 차분히 뒤돌아보게 되었다. 내가 진정으로 잘하는 일은 무엇일까. 내가 잘할 수 있고 좋아하는 일에 남은 인생을 투자해도 모자랄 판인데 전혀 엉뚱한 일에 시간과 감정을 허비하고 있는 것은 아닐지….

오지랖이 넓은 성격 탓에 사방팔방 쏟아붓는 정열과 에너지가 과연 바람직한 것일까. 잘 알고 있으면서 고칠 수 없으니 고질병이다. 하나님의 뜻은 아랑곳하지 않고 나 하고 싶은 대로 생각과 발이 가는 대로 행동했던 지난날들을 반성하며 또 반복하는 오늘일지라도 이 글을 쓰는 순간만큼은 희망이 있다. 좀 더 나은 내일을 향하여!

여기까지가 2014년의 일기이고 10년이 지난 2023년의 일상이 어찌도 똑같은지…. 희망은 무슨 다람쥐 쳇바퀴 인생이구만. 그녀는 몇 년 후 별세하였고 나도 유방암에 걸렸다.
우리 부부의 결혼기념일에 기꺼이 함께 효도 여행을 하려는
분이 바로 K의 남편이다.

강의

| 대학 강의

　대학원을 간신히 졸업하고 한국외국어대학교에서 첫 강의를 하였다. 학생이 100명도 넘었는데 학생 얼굴과 이름을 외우도록 노력하였고 과제물도 꼼꼼히 체크하였다. 학교도 점점 늘어서 숭실대학교, 인천대학교, 한신대학교, 방송통신대학교 등 종횡무진 강의를 하였다. 아들은 어릴 때부터 혼자 집에 있는 시간이 많았다. 지금도 미안한데 아마 죽을 때까지 그러하리라. 30대 일본어 박사과정, 50대에 법학박사, 게다가 일본어 교재 집필까지 조증, 불면증이 아니었으면 해낼 수 없는 과정이었다.

　아무리 많은 학교를 다녀도 학생 한 명 한 명에게 관심을 갖고 성심껏 지도를 하였다. 규칙적으로 생활하면 문제가 없다가 뭔가 빈틈이 주어지면 병이 도지는 것 같다. 학기가 끝날 무렵이면 학점을 산출하는 일이 내겐 너무 어려웠다. 모두 잘했는데 상대평가하는 것이 괴로웠다. 방학에는 늦잠 자고 아들까지 함께 아침도 안 먹고 계속 잤다. 이러니 자율적인 인간이 못 된다.

현재는 미국에서 큰 사업을 하고 L.A 비버리힐즈의 고급주택지에 사는 제자가 있다. 처음에는 교회도 데리고 가고 워킹홀리데이 추천서를 써줬는데 일본에서 1년 동안 열심히 일을 해서 돈을 모았다. 그 후 호주에서 영어연수를 하고 다시 미국에 가서 사업에도 성공을 하고 일본인 여성과 결혼을 하였다. 지금도 가끔씩 한국에 출장을 오면 꼭 연락을 하고 만나는 애제자이다.

한국외대 외국어연수평가원에서도 강의를 하였는데 그때는 너무도 성령이 충만하여 오직 전도에만 열을 올리던 시절이었다. 교회에 같이 가기도 하고 학생(직장인)들과 가까우면 가까울수록 주임교수의 눈총은 따가웠다. 늦게 퇴근하고 밤새워 강의 준비하는 것도 못마땅해 했다. 역시나 튀는 행동은 바람직하지 않다. 그런데 안타깝게도 주임교수는 몇 년 후 젊은 나이에 세상을 뜨고 말았다.

경원대학교(현 가천대학교)는 학부강의와 평생교육원 강의를 맡았다. 평생교육원에서 가르친 제자 중 평생 잊지 못할 여학생이 있다. 수업마다 엄마가 밖에서 기다리기에 함께 수업을 들으시라고 했다. 딸이 어릴 때 교통사고 후유증으로 말을 제대로 못하고 혼자 못 다닌다고 했다. 나중에 알고 보니 발달장애인이었고 아빠가 일본에서 근무한 적이 있어서 엄마나 딸이나 일본어는 곧잘 했다.

주일에는 이 학생을 데리고 교회에 몇 번 같이 갔다. 사는 동네에서 교회까지 한 번에 가는 지하철이 없고 갈아타야 했다. 학생도 교회 일본어 예배부를 무척 좋아해서 적극적으로 참여했다. 두 달 정도 지났을 즈음 혼자 다니도록 훈련을 시켰고 드디어 혼자 가도록 한 날, 나는 그 학생 집으로 가서 기다렸다. 집에서는 발칵 뒤집어졌다. 특히 작은 오빠가 마구 화를 내는 것이었다. 어떻게 하려고 그런 무모한 짓을 하는지, 책임을 지겠냐고 추궁해서 나도 속으로 무척 불안하고 미안했지만 겉으로는 담대하게 하나님이 지켜주실 것이라고 했다. 학생이 짠! 하고 집에 도착했을 때 얼마나 기쁘고 안도했는지 모른다. 할렐루야!

무엇보다 자립심을 키워줘야 한다는 생각은 확고했다. 다 큰 성인을 언제까지 엄마가 데리고 다닐 수는 없으니까. 이번에는 송이에 컴퓨터 글자판을 그려서 타이핑 연습을 시켰다. 몇 달 후 혼자서도 컴퓨터를 다룰 줄 알게 되었다. 엄마가 고마워한 것은 말할 것도 없다. 가장 보람 있는 사건이다.

중국에서 귀국 후 대학에 강의자리가 없어서 동네 한 바퀴를 돌았다. 먼저 교회의 노인대학에 일본어과목을 개설하였다. 중학교를 찾아가 이력서를 내고 방과 후 강의를 하게 되었다. 몇 년 후에 서강대학교 교수님께서 '일본사회' 강의를 할 수 있겠냐고 문의가 왔다. 대법원에서 조선고등법원 판결문의 번역 감수를 하다가 알게 된 분이었다.

처음에는 고민이 되었지만 대학 강의에 굶주리고 있던 차라 하겠다고 말씀드렸다. 전공도 안 한 과목이라 온몸에 두드러기가 날 정도로 스트레스를 받았다. 일본어는 오랜 강의 경력이 있으니까 쉬운데 사회 과목은 다방면의 책을 읽어야 했다. 매일 밤새워 교재를 만들었다. 안방은 책과 각종 인쇄물로 가득했다. 방학 때마다 일본에 가서 자료를 구해왔다. 이렇게 공을 들여 6년 만에『일본사회와 법』을 출간하였다.

한창 로스쿨 대비로 들썩일 때 성균관대학교에서 법대생을 대상으로 법률영어, 법률일본어, 법률중국어 과목을 설

치했는데 운 좋게도 일본어를 담당하게 되었다. 물론 예전에 가르쳤던 판사님의 소개 덕분이었다. 교재가 마땅히 없어서 부랴부랴 만든 책이 『법률일본어』였고 그 후에 『법률일본어 입문』을 출간하였다.

성균관대학교 법대생 중에 지금도 연락하는 제자가 여러 명 있다. 한 명은 사시공부를 포기하고 일본에 유학을 다녀오더니 국가기관에 취업을 하였다. 제자 덕분에 일자리를 얻기도 하고 소소한 번역거리로 돈을 벌게도 해주는 등 고마운 제자가 많다. 제자는 아니지만 그때 알게 된 대학원생이나 교수님들께 감사하다. 여러 모로 도움을 주셨다.

| 법조인 강의

1990년대 수원지방법원 판사들을 대상으로 이른 아침에 강의했다. 일본의 판례를 독해하는 것인데 『쥬리스트』라는 교재로 했다. 평촌에서 수원까지 차로 30분 정도 걸린 것 같다. 판사님들은 모두 겸손하고 예의 바르셨다. 실력은 말할 것도 없지만.

두 번째로 세종로펌에서 저녁에 강의를 했다. 네, 다섯 명이었는데 대형 로펌은 워낙 일이 많고 밤새는 일이 허다해서 수업에 빠지는 일이 많았다. 그 후로 광장, 태평양, 김앤장의 변호사들을 가르쳤으니 웬만한 대형 로펌은 두루 거쳤다.

사법연수원, 대법원, 헌법재판소에서도 한국 제일의 엘리트를 대상으로 강의를 했다. 사법연수원에서는 필자의 교재인『법률일본어 입문』으로 강의하였다. 대법원에서는 지적재산권조였는데 주로『특허판례』를 교재로 하였다. 헌법재판소에서는『헌법판례 50년』이라는 책으로 했다. 물론 모두 일본어로 된 교재이다. 대법원에서만 10년 이상 강의를 하였고 정연덕 교수님을 만난 것이 법학박사를 받는 계기가 되었다.

2014.5 대법원강의

IMF사태로 힘들었던 이야기

　　1997년 말에 발생한 외환위기로 남편이 투자한 주식이 하루아침에 종잇조각이 되어 생각지도 못한 고난이 찾아왔다. 알고 보니 여윳돈으로 조금 한 게 아니고 여기저기 금융기관에서 대출을 받아 투자한 것이었다. 처음에는 설마 거짓말이라고 믿고 싶었지만 현실은 몇 억의 빚과 매달 2백만 원(?) 정도의 이자를 내야 했다. 마이너스 통장을 썼기 때문에 부부의 수입을 합쳐도 2백만 원이 안 되니 평생 이자만 갚다가 살아야 할 판이다.

　　먼저 집을 내놨다. 당시는 갑작스러운 IMF 여파로 급매가 많이 나와서 집이 헐값에 팔렸다. 하루빨리 팔아야 이자를 덜 내니까 마음이 조급해졌다. 우연히 같은 라인의 이웃이 철야 기도회를 가지 않겠냐고 하기에 따라갔다. 너무 낯선 분위기라서 사이비 종교집단인가 했다.

　　다음날은 현관문 안쪽에 시편 1편을 커다란 종이에 써서 붙이고 부동산에서 온 손님을 맞이했다. 이게 웬걸 바로 계약을 하자는 것이다. 나중에 사연을 물어보니 성경 말씀 쓰인 것 보고 믿을만한 사람 같아서 순순히 계약을 했다고 한다. 다행히 집이 빨리 팔려서 짐을 대폭 정리했다. 의류는 며칠 전 철야기도에서 뵌 여자 목사님께 드리고 쓸 만한 전기제품, 가구 등은 필요한 사람에게 나눠줬다.

평소 연락이 없던 선배한테서 전화가 왔다. S대학교 강의를 맡아줄 수 있냐고. 한 달 강의가 딱 반지하 월세와 비슷하여 놀랐다. 그러니 입에서는 종일 "할렐루야. 내 잔이 넘치나이다"하고 외칠 수밖에. 그때 입에 달고 불렀던 찬송가는 〈내 영혼의 그윽히 깊은 데서(469장)〉였다. 매일 기쁨의 눈물을 흘리며 찬양을 읊조렸다.

학교에서 일본어문법을 가르칠 때는 성경구절을 인용하였다. 예를 들어 ～ㄹ까(의지형)는 마태복음 6장 25절에 나오는 "그러므로 내가 너희에게 이르노니 목숨을 위하여 무엇을 먹을까 무엇을 마실까 몸을 위하여 무엇을 입을까 염려하지 말라. 목숨이 음식보다 중하지 아니하며 몸이 의복보다 중하지 아니하냐." 중에서 〈먹을까, 마실까, 입을까〉를 가지고 예문을 만들었다. 명령형은 마태복음 7장 7절의 말씀 중 〈구하라,

찾으라, 두드리라〉를 외우도록 했다.

몇 백 원도 아까워서 빵 하나로 때우는가 하면 버스, 전철을 갈아타지 못하고 장시간 버스를 타는 경우가 많았다. 맨 뒷좌석에 앉아 시험지를 채점하기도 했는데 옆의 사람이 물끄러미 쳐다보면 기다렸다는 듯이 말을 걸었다. 상대방이 내 말에 관심을 갖고 들을 준비가 되어 있다고 판단되면 내가 겪고 있는 고난과 기적적인 체험을 얘기해주곤 했다. 그중에는 눈물을 보인 여성도 있어서 뿌듯했다.

내 말과 내 전도함이 설득력 있는 지혜의 말로 하지 않고 다만 성령의 나타나심과 능력으로 하여 (고린도전서 2장 4절)

가장 어렵고 힘들 때 절실하게 가슴에 와 닿은 성경말씀은 시편 119편이었다.

고난당하기 전에는 내가 그릇 행하였더니 이제는 주의 말씀을 지키나이다. (시편 119: 67)

고난당한 것이 내게 유익이라. 이로 말미암아 내가 주의 율례들을 배우게 되었나이다. (시편 119: 71)

말이 씨가 된다는 말이 있듯이 평소 교회에 안 가겠다는 남편에게 저주의 말을 했다. 죽을 병에 걸리거나 쫄딱 망하거나 하지 않으면 안 갈 사람이라고. 그랬더니 정말 쫄딱 망해서 두 손 들고 남편은 교회를 따라 나섰다. 평촌에서 멀리 동부이촌동에 있는 온누리교회를 갔는데 하용조 목사님의 로마서강해가 꿀처럼 달고 머리에 쏙쏙 들어왔다. 설교도 좋았지만 신앙으로 어려움을 극복한 다른 사람의 간증은 더할 나위 없는 위로였다. 일대일교육도 은혜롭게 마쳤다. 우리 부부를 가족처럼 성심껏 인도해주신 박현규 장로님과 최순이 권사님께 너무 감사하다. 그때는 동부이촌동에 사는 사람들이 그토록 부러웠는데 20년이 못 되어 빚을 다 갚고 동부이촌동에 거주하게 될 줄이야, 상상도 못한 일이었다.

소소한 기적

가장 어렵고 힘든 시절에 기적 같은 일들이 수없이 많았는데 그때마다 기록을 하지 않아서 후회된다. 우선 기억에 남는 것은 아들 치아 교정비이다. 치과에서 턱이 비뚤어질 수 있으니 대학병원에 가서 교정할 것을 권하였다. 교정하려면 몇 년, 몇 백만 원이 드는데 엄두가 나지 않았다.

일단 얼마나 문제인지 진단이라도 받아보려고 세브란스병원을 찾았다. 첫 진료와 치아 모형비 등 30만 원 정도 나온 것 같다. 터덜터덜 집에 와서 우편함을 보니 일본 지인의 봉투가 있었다. 대학원 입학 축하로 200달러 우편환을 보내주셨는데 당시 환율이 높아서 거의 30만 원 정도였고 정말 기막힌 하나님의 섭리라고 느꼈다.

그러한 내용을 다른 일본 친구에게 편지를 써서 보냈더니 이 친구도 힘을 내라면서 2만 엔을 보내줬다. 이런 식으로 그때그때마다 필요한 양식이 채워졌다. 어려움을 당했을 때 친구가 말해준 성경구절은 고린도전서 10잘 13절이다.

사람이 감당할 시험 밖에는 너희가 당한 것이 없나니 오직 하나님은 미쁘사 너희가 감당하지 못할 시험 당함을 허락하지 아니하시고 시험당할 즈음에 또한 피할 길을 내사 너희로 능히 감당하게 하시느니라.

아들의 미국유학

　우연히 미국 국무성교환학생 제도를 알게 되었다. 중3부터 고1까지, 학점은 C 이상의 자격이면 된다. 비행기 왕복 티켓만 필요하고 학비, 체재비가 모두 무료이다. 아들 성격이 내향적이기 때문에 미국에 가서 잘 적응할지 걱정이었고 과연 보내는 것이 옳은지 아닌지 고민이 되었다. 학원 원장님께 의논했더니 "보내도 후회, 안 보내도 후회라면 보내는 게 낫지 않냐"는 명쾌한 답변을 주셨다.

　믿음이 좋은 홈스테이 가정으로 배치되게 해달라고 기도했더니 그대로 되었다. 엄마가 아주 독실한 크리스천이었다. 2005년 8월부터 2006년 8월까지 유학을 갔다. 중국에서 귀국해선 한 달 정도 심한 우울증 때문에 아들이 떠나는 것보다 내 자신이 죽을 것이냐 살 것인가로 힘들었는데 호스트 맘과 그녀의 친정엄마가 새벽마다 기도해준 덕에 깨끗이 나았다(물론 약도 간간이 먹었다).

사전과 씨름하며 몇 날 며칠 걸려서 간증문을 영어로 보내기도 하고 호스트 맘도 자기 간증문을 보내오고 우린 서로 믿음의 동지가 되었다. 가끔 깨달은 말씀을 보내면 그날의 호스트 맘에게 적절한 메시지가 되기도 하고 호스트 맘이 보낸 말씀 구절로 내 맘이 시원하게 될 때도 있었다.

아들의 사소한 문제는 언제나 하나님께 기도하고 해결을 받기도 했다. 나는 하나님 일을 하고 하나님은 좋은 호스트 맘에게 아들을 대신 맡아 키워주게 하셨다. 홈스테이 비용을 따로 내는 것도 아닌 온전히 자원봉사 가정이기 때문에 늘 그 은혜를 감사하고 언제나 빚진 자의 마음으로 평생 살아야 한다.

아들이 그 가정에 기쁨이 되고 서로에게 축복이 되게 해달라고 기도했다. 아들은 원래 내성적인 아이인데 매일 그 집 식구를 웃긴다고 하니 상상이 안 되었다. 서로 코미디언이라고 한다. 그 집 동생도 형이 있어 불편한 점도 있겠지만 훗날 돌이켜보면 좋은 추억이 될 거다. 홈스테이를 맡게 된 것도 그녀의 아들이 혼자라서 외로워 형 역할이 필요했다고 한다. 벌써 헤어질 걸 걱정하니 세월은 참 빠르다.

아들 출국한 날

아침 7시에 ○○아줌마 차가 아파트에 도착, 인천공항으로 달려갔지. 차 안에서 너는 쿨쿨 자고 새벽이라 차가 안 막혀서 한 시간 만에 도착하였다. 협회와 9시 반에 만나기로 했는데 우리는 벌써 8시에 도착한 거야.

하필이면(아니 다행히) 어제 너의 시계가 탈이 나서 아빠와 공항에서 비싸게 시계를 샀단다. 이제 세 명의 학생과 학부모가 차례차례 얼굴을 내밀고 협회 선생님의 친절한 설명을 들은 후 드디어 11시에 기내 게이트로 들어갔다.

두 명의 여학생은 눈물을 찔끔찔끔 보이지만 너는 너무 의젓하고 담담하게 기타를 매고 한 손에는 티켓과 한 손에는 복음 들고, 아니 포켓에 손을 질러 넣고 유유히 들어가더구나. 아빠와 나도 전혀 눈물도 안 보이고 오히려 싱글벙글 배웅을 했다. 마치 입양시키는 부모의 심정처럼 가슴이 찢어들 것 같았지만 더 좋은 환경에서 편하게 살다 오라는 뜻이 더 컸던 것 같다.

아빠가 사준 책을 잘 읽고 있으려나. 비행기는 잘 갈아타고 무사히 도착하려나. 엄마는 널 위해 기도하고 응원해줄 거야. 하루 종일 부모의 가슴 대신 하늘이 울어주고 있구나.

1994년의 교통사고

여느 때처럼 운전하기 전에 기도하면서 문득 이런 생각이 떠올랐다. '매일 이렇게 기도하는 게 무슨 의미가 있지? 만일 신(神)이 정말 있다면 세상은 왜 변하지 않을까? 종교 때문에 세계 곳곳에서 전쟁이 일어나고 있고…. 인간은 왜 평등하지 않을까? 선악, 빈부의 차, 재해, 기아, 병, 선천적 장애…. 교회가 이렇게 많은데 엉터리 신자도 많고 심지어 목사까지 어이없는 행태를 보이는데…. '

나는 어릴 때부터 교회에 다녔지만 온전한 믿음을 갖지 못했다. 그런데 그날따라 정말 신이 존재한다면 내게 보여 달라고 간절히 기도했고 바로 그날 교통사고를 당했다. 터널 안에서 8톤 트럭이 내 차를 들이받았는데 그 여세로 벽에 부딪히면서 차가 뒤집어졌다. 차는 완전히 찌그러졌고 유리창도 다 깨졌다. 그런데 신기하게 하나도 다치지 않았고 주변 사람들이 나를 차 안에서 끄집어내 줬다. 트럭기사는 나중에

졸음운전을 인징했다. 아미 안전벨트를 안 했으면 어떻게 되었을까 상상만 해도 끔찍하다.

사람들은 우연이라고 말하겠지만 나는 하나님의 답변을 들었다고 확신한다. 깊은 신앙심을 갖지 못했던 내게 하나님은 이런 형태로 그 존재를 보여줬다고 믿는다. 그렇게 기도한 바로 그날에. 이 충격적인 일로 인해서 신에 대한 평소의 의심이 사라졌어도 신앙은 내 성격만큼 변덕스럽다.

우편함

어릴 때부터 편지쓰기를 좋아했다. 6학년 때 담임 선생님께서 이전 학교의 학생을 소개시켜 주셔서 펜팔을 한 적이 있다. 몇 년 동안 편지를 주고받다가 설렘을 가득 안고 만나기도 하였다. 지금 보니 그녀가 선물한 노트에 탁희경이라고 적혀 있을 뿐 오랫동안 잊고 지냈다. 왜 연락이 끊어졌을까, 기억도 나지 않고 얼굴도 흐릿하지만 착하고 고운 심성의 친구였던 것 같다.

대학생 때 일본 여성과 펜팔을 했다. 우편함에 두툼한 편지가 있으면 너무 반가웠다. 학교에서 배운 실력보다 그녀와 주고받은 편지가 생생한 일본어 표현을 익히기에 안성맞춤이었다. 나는 사전과 씨름하며 겨우 1, 2장을 쓰지만 그녀는 5,6장에 박학다식한 지식을 풀어 넣었다. 국제통화를 몇 번 했으나 애석하게도 만난 적은 없다. 영국으로 시집가고 나서 뜸하게 카드를 보내다가 연락이 끊겼다.

일본 유학 때 우편함에 놓이는 지금의 남편 편지가 너무도 기다려졌다. 압축하면 '사랑한다, 보고 싶다'지만 무슨 내용이 그리 구구절절한지…. 무얼 그리도 애타게 기다렸는지…. 남편은 회사를 다니고 있었는데 주말도 없이 무척 바빴다고 한다. 그럼에도 시간을 쪼개서 보내준 편지는 꿀단지 맛이었다.

당시 소개받은 일본 아주머니와 30년 이상 펜팔을 하고 서로 양국을 오가며 만났다. 물론 내가 훨씬 일본을 자주 갔다. 나는 한국어로 쓰고 그녀는 일본어로 쓰면서 서로의 어학 실력을 키워나갔다.

지금의 우편함은 카톡방이다. 빨간 숫자가 편지의 숫자인데 열 몇 개가 떠서 반가운 마음에 열면 모두 단톡방일 때 실망스럽다. 단톡방의 수두룩한 내용은 전혀 읽지도 않고 지우기 바쁘다. 연말, 설날에는 특히 더하다. 진솔한 자기 얘기 두세 줄만이라도 좋을 텐데 대개는 다른 사람한테 받은 사진, 영상 전달 일색이다. 거의 비슷한 내용, 쓸데없는 음식 사진 등 짜증날 때도 있다. 가족방, 절친방 이외의 단톡방은 모두 나와 버렸는데 최근에 또 500명이나 되는 단톡방에 초대받았다. 옛날 같은 우편함이 그립다.

구닥다리 옷

오늘은 15년 전에 시어머님이 사주신 옷을 오랜만에 입고 나갔다. 어머님은 이 추운 겨울에도 난방비 아끼느라 아주 조금씩 틀고 극도로 절약하는 생활을 하시는데 당시에 비싼 옷을 사주셨다.

살이 쪄서 예전 바지는 안 맞지만 웃옷은 거의 '아니구나, 단추가 안 잠기네.' 아무리 비싼 옷이라도 잘 안 입으면서 옷장에 박혀 있는 게 있고 싸도 자주 입는 게 있듯이 사람도 마찬가지인 것 같다.

만나서 편한 사람이 있고 불편한 대상이 있다. 오래 사귀어도 여전히 속내를 알 수 없는가 하면, 알게 된 지 얼마 안 되어도 이심전심 찰떡궁합도 있다. 부부는 어떤가. 옷에 비유하면 낡을 대로 낡은 30년 이상의 구닥다리 헌옷이지만 참 편하다. 헐렁헐렁한 잠옷도 되고 반듯한 외출복도 된다.

수시로 드라이크리닝도 하고 수선집에 맡기기도 하고 다림질도 해가면서 잘 보관하면 2,30년도 끄떡없다. 물론 유행을 타지 않는 옷이라면…. 구닥다리 옷을 입고 나갔다 돌아오니 코를 골며 안락하게 자는 남편의 모습과 편한 옷이 겹쳐 흐뭇하다.

경첩(輕捷)

경첩이란 여닫이문을 달 때 한쪽은 문틀에, 다른 한쪽은 문짝에 고정하여 문짝이나 창문을 다는 데 쓰는 철물이다(한옥에선 돌쩌귀). 화장실에서 일을 보면서 문득 나의 사명감은 경첩이 아닐까 생각해 봤다.

한일 가교(架橋)역할을 한 지 어언 40년. 평생 오지랖 마당발로 살면서 바쁘기만 하고 실속 없이 큰돈은 못 벌었지만 여러 사람들을 엮어주고 맺어주며 보람도 있었다.

경첩이 없으면 문을 여닫을 수 없듯이 나 같은 사회의 윤활유가 필요할 때도 있다. 좋아하는 시 중에 '비에도 지지 않고(雨にもまけず)'가 있는데 마지막 부분(16~27행)이 그야말로 오지랖의 진수요, 나의 인생시이다.

雨ニモマケズ

宮澤賢治 (みやざわ けんじ) (1896-1933)

雨ニモマケズ	비에도 지지 않고
風ニモマケズ	바람에도 지지 않고
雪ニモ夏ノ暑サニモマケヌ	눈에도 여름 더위에도 지지 않는
丈夫ナカラダヲモチ	튼튼한 몸을 가지고
慾ハナク	욕심은 없고
決シテ瞋ラズ	결코 성내지 않으며
イツモシヅカニワラッテヰル	언제나 조용히 웃고 있어
一日ニ玄米四合ト	하루에 현미 4홉과
味噌ト少シノ野菜ヲタベ	된장과 약간의 야채를 먹으며
アラユルコトヲ	모든 일에
ジブンヲカンジョウニ入レズニ	자신을 계산에 넣지 않고
ヨクミキキシワカリ	잘 보고 듣고 깨닫고
ソシテワスレズ	그리고 잊지 않으며

野原ノ松ノ林ノ蔭ノ	들판 솔숲 그늘의
小サナ萱ブキノ小屋ニヰテ	조그만 초가지붕 오두막에 살면서
東ニ病気ノコドモアレバ	동쪽에 아픈 아이 있으면
行ッテ看病シテヤリ	가서 간호해 주고
西ニツカレタ母アレバ	서쪽에 지친 어머니 있으면
行ッテソノ稲ノ束ヲ負ヒ	가서 그 볏단을 져주고
南ニ死ニサウナ人アレバ	남쪽에 죽어 가는 사람 있으면
行ッテコハガラナクテモイヽトイヒ	가서 두려워 말라 일러주고
北ニケンクヮヤソショウガアレバ	북쪽에 싸움이나 소송이 있으면
ツマラナイカラヤメロトイヒ	부질없으니 그만두라 말하고
ヒドリノトキハナミダヲナガシ	가뭄이 들면 눈물 흘리고
サムサノナツハオロオロアルキ	냉해가 덮친 여름에는 허둥지둥 걸으며
ミンナニデクノボートヨバレ	모두에게 멍청이라 불리우고
ホメラレモセズ	칭찬도 받지 않고

뜻밖의 행운

모처럼 시간이 나서 아차산에 올랐다. 해발 300m밖에 되지 않는 야트막한 산인데다 집에서 가까워서 정상까지 갔다 와도 1시간 반이면 충분하고 운동하기에도 안성맞춤이다.

약수터에서 물을 마시면 되니까 빈손으로 갔는데 오랜만의 등산이라 숨이 차다. 꼭대기쯤에 도달했을 때 어떤 할아버지가 얼려온 물을 마시기에 침이 꼴깍. 부러운 듯이 쳐다봤더니 한 모금 권하신다. 차마 얻어 마실 수가 없어서 "아니오"하고 몇 걸음 갔다가 다시 염치불구하고 얻어 마셨다.

할아버지는 용마산까지 가신다고 한다. 예정에는 없었지만 용마산은 바로 옆이니까 물병을 들어드리겠다고 하고 따라갔다. 용마산 정상에서 어떤 청년이 아차산 방향을 물어보기에 같이 가자고 했다. 그는 싱가포르 사람이었고 한양대 어학 연수차 왔는데 한국에 온 지 4일밖에 안 되었다고 한다.

아들 나이와 같고 유학생이니 무작정 저녁은 우리 집에서 먹자고 했다. 한양대 한 달 어학 문화연수와 기숙사비는 3백 5십만 원인데 군대에서 받은 월급을 모은 것이라고 한다. 고교졸업 후 장학생으로 영국에서 엔지니어링을 공부했다고 하는데 그 말만 들어도 그가 얼마나 건실한 청년인지 알 수 있고 싱가포르도 병역의무가 있는 줄 처음 알았다.

평소 유학생이든 외국인에게는 잘해줘야 한다는 지론을 갖고 있다. 성경의 레위기에도 과부나 제사장, 외국인에게 잘해주라고 했던 걸로 기억하는데 마태복음에도 있듯이 무엇보다 '남에게 대접받고자 하는 대로 남을 대접하라'라는 말씀을 실천하려고 한다.

하산할 때 거의 한 시간 이상을 영어, 중국어 섞어가며 한국어를 가르쳐줬더니 목도 쉬고 너무 피곤했지만 잠시도 쉬지 않고 집에 가자마자 밥 하고 고기 굽고 정신없었다. 이 오지랖은 정말 못 말린다.

마침 오늘은 재활용품 버리는 날이라서 일일이 설명해주고 음식물 쓰레기통 등 구석구석 생활 모습을 보여줬다. 아니 이게 웬 떡인가, 괜찮은 책꽂이가 밖에 나와 있다. 엄청 무거운 책장을 두 개씩이나 청년과 함께 낑낑거리며 들고 들어왔다. 남편이나 아들은 내가 물건 주워오는 것에 기겁을 하지만 결국은 잘 쓴다. 사람도 마찬가지다. 모르는 사람을 데리고 오면 처음에는 어이없어 하지만 이내 친절하게 대해 주고 괜찮은 사람이라는 걸 인정한다!

남이 버린 거라면 무조건 싫어하고 나는 쓸 만한 것을 주워서 쓰는 것에 부끄러움을 느끼기는커녕 오히려 자랑스럽다. 문제는 나나 남편이나 책 욕심이 너무 많아서 거실 구석구석 책이 뒹굴고 있는데 치워도 치워도 또 쌓인다. 어차피 책을 담아두었다가 언젠가는 버릴 물건인데 굳이 좋은 걸 살 필요도 없고 버리는 사람은 수거비용을 절약해서 좋고 쓰레기 안 생겨 좋으니 일거양득이 아닌가.

가족 모두 함께 저녁을 맛있게 먹었다. 청년은 세 그릇이나 먹었다. 아마 점심도 못 먹은 모양이다. 샤워도 하라고 속옷까지 모두 새 옷을 주고 입던 옷은 빨아줬다. 한국어 문법책과 옷, 샴푸 등을 싸줬더니 고마워했다. 그에게나 나에게나 뜻밖의 행운의 날이다!

다람쥐가 만난 사람들

내 직업은 산지기. 실은 내가 산을 지키는 것이 아니라 산이 내 생계를 책임져준다. 1년 중 가을 보너스가 제일 푸짐하여 배불리 먹고도 남는 도토리와 밤을 아무도 모르는 비밀 창고에 가득히 저장할 수 있다. 비가 오나 눈이 오나 평생 산을 오르락내리락하면서 만난 수많은 사람들, 그중에서도 기억에 남는 사람들을 떠올려 본다.

평일에는 노인천국. 이구동성으로 아차산만큼 부담스럽지도 않고 건강을 지켜주는 산은 없다고 예찬하니까 내 일터가 자랑스럽고 뿌듯하다. 입장료도 안 받고 여기처럼 깨끗한 화장실도 없건만 내 집처럼 깨끗이 사용하지도 않을뿐더러 쓰레기통에는 검은 비닐봉지로 가득하고 분리수거도 제대로 하지 않으니 다람쥐만도 못한 사람들이다.

과일 껍질이며 과자 봉투 등 잡다한 쓰레기를 버리는 사람들에겐 꿀밤을 먹여주고 싶지만 될 수 있으면 사람들 눈에 안 띄는 게 상책이니 그럴 수도 없는 노릇이다. 이처럼 뻔뻔한 사람도 있는가 하면, 남들이 버린 쓰레기를 일부러 주우면서 내려가는 착한 사람도 있다. 사람들의 얼굴만큼 이렇게 다양한 성격이 있다니 볼수록 신기하다.

내 생애 가장 끔찍했던 일은 산불이 났을 때다. 검붉게 타오르는 불꽃 속에서 간신히 도망쳐 나왔지만 속절없이 이 세상을 떠난 내 친구며 가족, 친척들을 생각하면 까맣게 타버린 잿더미처럼 내 가슴도 시퍼렇게 멍이 든다. 철면피 그는 산불을 내고 내 삶의 터전을 송두리째 태워버리고도 사법의 망을 뚫고 어디선가 태연하게 살고 있다.

어떤 사내들은 혼자 오는 여자에게 수작을 걸어서 그럴싸한 말솜씨로 이내 친구로 사귄다. 어떤 아낙네들은 시누이, 시아주버니, 시어머니, 며느리, 올케, 온갖 집안사람들을 들먹이며 흉을 보면서 기백이 숭고한 소나무며 파란 하늘은 볼 겨를도 없다. 너무 시끄러운 사람들 때문에 고막이 터진 친구들도 있다.

삼삼오오 짝을 지어 쩌렁쩌렁 와자지껄 떠들어대며 술을 마시는 사람들이 있는가 하면, 혼자서 조용히 들어도 될 라디오를 크게 틀어놓고 걸어가는 사람도 있다. 어떤 아줌마는 간이 부었는지 혼자서 저녁 해가 뉘엿뉘엿 들어가는 저녁 시간에 나오더니 잽싼 걸음걸이로 냅다 내려간다. 내게도 그런 용기가 있다면 사람들이 사는 사회를 바꿀 텐데….

별의별 사람이 다 있지만 대부분의 사람들은 조용히 왔다가 흔적 없이 떠나는 착한 사람들이다. 산을 좋아하는 사람 치고 마음씨 나쁜 사람은 없다. 예로부터 '지자요수 인자요산'(智者樂水 仁者樂山)라고 했듯이 모두 어진 사람들이다. 여태껏 바다는 가보지 못했지만 내 일터를 찾는 사람들은 적어도 인자이길 바란다.

~~~~~~~~~~~~~~~~~~~~~~~~~~~~

바라는 것

~~~~~~~~~~~~~~~~~~~~~~~~~~~~

대학 건물의 청소하시는 아주머니께서 곱게 화장을 하고 오늘따라 귀걸이, 목걸이까지 예쁘게 단장을 하셨다. "참 예쁘시네요." 인사를 건넸다. 지난번 강의실에서 논술고사가 있고 나서 쓰레기가 몇 박스였는데 며칠째 치워지지 않았다. 그 강의실은 평소에 잠겨있으니까 그런가 보다 하고 지나갔다. 일주일이 지나도 그대로라서 소매를 걷어붙이고 치워버렸다.

화장실이 좀 지저분하였다. 아직 이른 아침이니까 그러겠거니 했지만 몇 시간 지나고 가 봐도 그대로였다. 내 자신을 돌아보게 되었다. 아내로서, 엄마로서, 교수로서 맡은 바 성실하게 하고 있는지. 며칠 동안 정신없이 밖으로만 돌아다니다 보니 집 안이 난장판이다. 싱크대도, 화장실도 엉망진창.

원래 화장도 안 하는 내가 가끔 화장을 하고 중곡동(색소폰동아리)에 가면 단장님께서 칭찬은커녕 "왜 그렇게 화장을 하고 난리예요?" 나무라는 어조다. 그렇다, 단장님이 바라는 것은 옷을 잘 차려입거나 화장을 요란하게 하는 것이 아닌 오로지 색소폰 소리가 곱게 나는 것, 연습을 빡세게 많이 해오는 것, 오직 그것뿐이리라!

어쩌다 치마를 입고 거울을 볼라치면 남편과 아들이 난리다. 누구한테 그렇게 잘 보이려고 그래? "내참 난 어디 멋도 못 부리나?" 남편과 아들이 내게 바라는 것은 오직 밥 맛있게 차려주고 집 안을 깨끗이 정돈하고 제발 저녁에 나돌아 다니지 않기! 이것뿐이다. 하나님이 내게 바라는 것은 뭘까? 뭐든지 무리하지 말고 영육간 건강하여 자신과 주위 사람들 사랑하기! 그동안 정신없이 지내온 날들을 반성하고 차분히 맡은 일을 잘해야겠다.

한강에서 만난 대만인

그녀는 분명 저 대형 교회 신자는 아닐 것이다. 왜냐하면 그때 시간이 새벽 7시가 좀 넘었는데 교회가 아닌 아파트에서 나오는 모습을 봤기 때문에 새벽예배 때문에 나온 것 같지는 않았다.

그녀는 운동하러 나오는 길일까? 이른 아침부터 다른 볼일이 있는 걸까? 스카프를 세련되게 휘감고 털모자를 쓴 모습이 운동화는 신었지만 강변 산책할 사람 같지는 않았다. 그렇다고 외출복도 아닌 그냥 평범한 옷차림이었지만 뒤태가 예뻤다. 솔직히 엉덩이가 매우 큰 섹시한 여인의 뒷모습만 보고 그저 궁금했는데 다행히 강변 입구로 내려가고 있었다.

그녀는 분명 한국인이 아닐 것이다. 한강변을 막 걷기 시작할 때부터 휴지나 빈 깡통을 줍는 것이었다. 더욱이 커피 캔 같은 캔에서 남은 음료를 쏟아 땅에 붓고 나서 쓰레기통에 넣는 모습이 어지간한 한국인의 모습은 아니었다.

'그녀는 일본인일까? 따라가 볼까? 말을 걸어볼까?' '아니야, 아니야 난 못 해….' 무슨 유행가 가사처럼 나답지 않게 잠시 머뭇거렸다. 괜히 말 걸었다가 오해를 사면 어쩔까 싶기도 하고, 또 한국인이면 칭찬해주고 싶기도 하고 오락가락 생각이 머물다가 용기를 내어 "니혼진데스카(일본인입니까?)"하고 물었더니 유창한 한국어로 대만인이라고 대답을 했다.

그래서 바로 "아, 너무 훌륭하시네요. 한국인인 제가 창피할 정도예요."라고 중국어로 대답을 했더니 이번에는 그쪽에서 놀란다. 어떻게 그렇게 중국어를 잘하냐고. 그녀는 한국인 남편과 함께 서울에서 30년을 살아온 정통(?) 한국 아줌마였고 나는 외교관은 아니지만 남편 따라 중국 상해에서도 살아봤고 일본에 유학 가본 적도 있어서 외국말을 배우는 게 너무 재미있고 외국 친구를 사귀는 것이 너무 행복한 독특한 아줌마인데 대화가 잘 통했다.

무엇보다 그녀는 딸 셋을 낳아 고군분투 서울에서 전업주부 생활을 하였지만 나는 평생을 학생과 교사 역할을 병행하면서 약간은 안정적이지 않은 다국적 생활을 해왔는데….

이런저런 이야기를 하면서 그토록 원했고 찾았던 귀한 친구를 만난 느낌이었다. 환경에 대한 생각이 같았고 말없이 실천하는 모습이 넘실대며 반짝이는 한강물의 보석 알 같았다. 무엇보다 걸어야 하는 운동 의무를 주는 친구를 만났으니 일석삼조가 아닌가. 그녀는 한강이 너무 아름답고 고마워서 자신이 뭘 해주면 좋을까 생각하다가 쓰레기를 주울 뿐이라고 했다.

한국이 여기저기서 아파트를 부수고 다시 짓고 올리는 행태는 매우 잘못되었다고 일갈했다. 자연을 파괴하고 서양의 황금만능주의를 따라가는 것이 안타깝단다. 이 세상에서 사는 동안 내가 쓰고 누릴 수 있는 시간과 돈은 한정되어 있을 뿐이라고도 했다. 그녀는 거룩하게 새벽부터 예배를 드리고 나온 사람은 아니었다. 예배를 드리는 것도 중요하지만 맑은 공기를 쐬면서 거리 청소도 바람직하다. 모처럼 좋은 친구를 알게 되어 기쁘다.

평생 반려자

아내나 남편이나 어느 한쪽이 먼저 세상을 뜨면 남은 이는 힘든 생을 이어간다. 그런데 대체로 여성은 오히려 홀가분하고 자유롭게 사는 한편, 남성은 '홀아비 삼 년에 서캐가 서 말'이라는 속담도 있듯이 여간 불편한 게 아니다. 나의 경우 엄마가 너무 일찍 돌아가셔서 아버지뿐만 아니라 가족이 불행한 일생을 살아갈 수밖에 없었다.

이혼도 마찬가지. 재혼해서 더 행복하게 산다는 보장도 없고 불편한 건 감수해야 한다. 나이 60넘어서 부부 함께 건강하게 오순도순 사는 것보다 더 축복은 없다.

한국 주부들은 자녀에게 너무 올인하는 반면, 남편을 존경하거나 진심으로 사랑해 주는 케이스를 별로 못 봤다. 내가 매일 남편에게 안마를 해준다고 하면 어느 이상한 세상 사람 취급한다. 나 역시 50 중반이 되기까지 철이 덜 들어서 남편 알기를 우습게 알고 밖으로만 돌아다녔다.

어느 날 남편이 여기저기 아프면서 불쌍해 보이기 시작했고 내가 할 수 있는 최소한 최선의 방법으로 안마를 해준 것이다. 새벽마다 발바닥 지압부터 머리 꼭대기까지 해주면 나도 기분 좋고 남편은 더더욱 말이 필요 없다. 이건 내 자랑이 아니라 한국 주부들 정신 좀 차렸으면 좋겠다.

결국 남는 건 부부고 자식 아무리 예뻐하고 지극정성으로 키워봤자(안 그런 효자 효녀도 많지만) 다 남 좋은 일 시키는 거다. 사춘기를 극심하게 지내며 부모에게 반항하는 아이들을 보며 의문이 생겼다. 어떤 가정은 조용히 지나고 어떤 가정은 요란할까. 부부가 원만하고 아내가 남편을 존경하는 집안은 대체로 아이들도 문제가 없다는 것을 알고 그때부터 나도 남편에게 말조심하게 되었다. 결론은 부부 사랑이 먼저고 그 다음 자녀 사랑하자고 외치고 싶다.

절친

내게는 자주 연락하는 절친이 다섯 손가락 안에 든다. 초등학교부터 자주 이사를 다녀서 오래된 친구가 별로 없다. 그나마 고등학교와 대학교를 같이 다닌 두 명의 친구가 있는데 목숨과도 바꿀?(나는 그런 용기가 있지만 걔네들은 글쎄)만하다.

한 친구는 고등학교 때 영락교회를 같이 가자고 하는 바람에 잘 다니고 있던 동네 상도성결교회를 떠나게 되었다. 학교 기율부, 교회, 덕수상업고등학교 컴퓨터 교육 등 여러 가지 활동을 같이 하였다. 그는 전교 1등의 수재인데 너무나 조용한 성격이고 도대체 욕심이 없다. 대학 때 줄기차게 쫓아다니던 남학생과 결혼 후 현모양처가 평생의 직업이 되어 버렸다.

내가 일본 유학하러 갔다가 도중 귀국해서는 집 밖도 못 나갈 것 같을 때 J가 같이 학교에 가주기도 하고 우울증에 빠져서 시체 놀이할 때마다 맛있는 거 사주고 내 얘길 들어주던 고마운 친구이다. 언제나 그녀는 자신이 말하기보다 남의 얘기를 들어주는 타입이다.

너무 아까운 인재인데 자녀 둘을 모두 성공적으로 키웠으니 보람이기도 하겠다. 크리스천 중에는 가짜 신앙인이 너무 많고 오히려 사회악을 많이 보았지만 이 친구는 언행일치의 모범생이다. 내가 친구이기가 송구할 정도로 존경한다.

S는 일본어를 같이 전공했고(학교는 다르지만) 일본회사에 근무한 점, 엄마가 일찍 돌아가신 점 등 여러 가지로 공통점이 많아서 공감을 잘한다. 나와 다르다면 그녀는 손재주가 많고 뭐든지 잘한다. 요리, 퀼트, 그림…. 등 손만 댔다 하면 뚝딱 작품이 된다. 내 인생의 어려운 굴곡점마다 늘 함께한 사진을 보면 사랑의 빚을 많이 졌다.

I는 고등학교 때 별로 안 친했는데 S와 절친이라서 단톡방에 같이 있게 되고 가끔씩 만나 밥을 먹는다. 대기업에 다니다가 정년퇴직했는데도 아직도 일을 하는 근면 성실한 친구이다. 신앙심 깊고 여러 면에서 존경한다.

M은 일찌감치 귀촌을 하여 만 평이나 되는 넓은 땅을 경작하며 남편과 오순도순 잘 산다. 지난여름 세 명이 놀러가서 1박을 하면서 광활한 자연의 숨결과 맛있는 진수성찬을 대접해준 고마운 친구이다.

Y는 중학교 때 같은 교회를 다녔다. 그 후로 몇 십 년을 못 만났는데 최근 다시 만난 이후 카톡으로 자주 대화를 한다. 페북에 글을 올리기 전에 먼저 그녀에게 검열을 받으면 항상 칭찬과 격려를 아끼지 않는다. 얼마 전 그동안 모은 시를 보냈더니 감동의 눈물이 난다면서 칭찬해 주었다. 친정언니 같기도 하고 친정엄마와도 같은 존재이다. 어느 누가 그토록 전적으로 잘한다고 격려해 줄 것인가.

소중한 페친

페이스북에서 알게 된 소중한 친구(폐친) 몇 분을 소개한다.

가갑손 회장님은 존함으로도 1번 순위, 인생성적표도 1등이다. 80대 연세에도 페북에 매일 글을 올리시고 SNS 친구들과 소통도 잘 하시는 몸과 마음이 건강한 분이다. 노동법을 전공하신 법학박사이며 한화그룹㈜ 한화유통 대표이사 사장 및 부회장을 역임하셨다. 평사원에서 회사의 대표가 되고 개인 사업까지 포함하여 한결같이 56년을 개근하신 성실과 끈기의 모델이다. 2011년 국무총리실에서 선정한 공정부문에 공정의 달인으로 선정되었다.

1996년에 『한화유통 사무혁신 사례집』을 저술하시고, 기업의 심판관은 고객이며 변화와 혁신 없는 기업은 존재가치가 없다는 생각으로 『변화와 고객은 기업의 생존조건』(2006년)이라는 책을 출판하셨다. 『당신을 만나 참 좋았다』(2020년)라는 책을 통하여 아내에 대한 애틋한 사랑과 정치, 경제, 사회, 문화에 대한 평론을 피력하였다.

　성균관대학교 법과대학 강의실에 그분의 부조가 있다. 후학들을 위해 오랫동안 아낌없이 장학금을 수여하셨다. 자녀 세 분을 훌륭하게 키우셨을 뿐만 아니라 3대 병역명문가이기도 하다. 사업도 성공하셨고 손자에 이르기까지 겸손과 실력을 겸비한 자녀들로 잘 키우신 모범가장이다. 격동하는 한국의 근현대사를 몸소 겪으시고 경제 이바지에 큰 힘을 쏟으신 존경하는 인생의 멘토이다.

　미국에 사는 이유진 사모(목사의 아내)는 나의 간증문을 보고 라디오 미주복음방송에 연결해 주셨다. 자녀가 다섯 명이나 되어 방이 비좁을 텐데도 흔쾌히 숙식은 물론 관광지까지 안내하셨다. 마침 조정위원 세미나가 있어서 LA에 갈 기회가 있었다. 세미나가 끝나고 다른 일행은 여행을 가고 나는 〈새롭게 하소서〉라는 프로그램에서 이야기를 진행했는데 내용이 길어서 이틀에 걸쳐 방송에 나왔다.

　어릴 때 성장과정과 어려운 시절을 인터뷰형식으로 이야기했다. 그 과정에서 하나님이 어떻게 인도하시고 마음의 평안을 주셨는지에 대하여 언급했다. 이유진 사모는 내가 성경에 의문점이 생기거나 회의감이 들 때마다 친절하게 답변하신다. 자녀들을 모두 훌륭하게 키우셨는데 온전히 하나님이 하셨다고 축복의 삶을 누리는 분이다.

최달용 변리사님은 해방둥이로 발명왕, 수집가이며 다방면에 관심과 취미를 갖고 계신다. 그동안 모은 귀한 생활 골동품을 서울역사박물관에 기증하시고 서울생활사박물관, 한양대박물관 등에서 전시도 하였을 만큼 그분 손에 들어가면 버리는 게 하나도 없다.

변리사로서는 일본전문가이며 경영수완도 뛰어나다. 아직까지 현역으로 근무하신다. 봉사활동으로 중학생을 대상으로 직업교육을 하셨고 주말에는 텃밭을 가꾸는데 무궁화동산도 손수 만들고 가꾸시는 애국자이시다. 기억력이 대단하시고 수행력, 꼼꼼함은 대한민국 제일이다. 네이버블로그에서 최달용자료관을 검색하면 많은 기록물사진을 볼 수 있다.

한상기 박사님은 식물유전육종학자시며 1970년대 아프리카의 식량난을 해결하신 분이다. 슈바이처는 알고 박사님 존함을 모른다면 한국인의 자긍심을 스스로 잃는 것이다. 올해 대한민국 과학기술유공자로 추대되었다. 안정된 서울대 교수직을 버리고 23년간 나이지리아 국제열대농학연구소(IITA)에서 작물 개량 연구에 고군분투하신 삶의 기록은『까만 나라 노란 추장』(2001년)과 『작물보다 귀한 유산이 어디 있겠는가』(2023년)에 자세히 소개되었다.

 '나'만을 위해 사는 이기적인 세상에 먼 나라 '타인'들을 위해 대가 없이 헌신하신 고귀한 정신을 본받고 싶다. 90세에도 왕성한 집필활동을 하시는데 늘 건강하시길 기원한다.

마지막 월급

이럴 줄 알았으면 생애 최초 월급봉투를 고이 간직할 걸 그
랬다.
이렇게 빨리 도래할 줄 알았더라면 30년 장기보험이라도 들 걸.

상사 눈치 보랴, 맘에 안 드는 부하 거느리랴,
울화통 터지는 날도 많았을 텐데
한 번도 집에 와서 전혀 티 내지 않고

늦잠 자고 싶어도 꾀부리고 싶어도 알람에 맞춰
무조건 반사적으로 튀어가던 곳
그곳에선 매일 무슨 일이 있었을까

신혼 때부터 퇴근하면 9시 뉴스가 채
끝나기도 전에 잠들던 그가
이제는 12시에도 너끈하게 안 자고 버틴다
30여 년간 월급은 수십 배로 올랐지만

그 대가로 받은 건강진단서는 형편없구나
처자식은 잘 먹고 잘 살았는데 당신만
힘들게 버틴 것도 모르고 지냈구려

변함없는 코골이는 잠을 푹 잘 자니 그나마 다행이고
잠 없는 나는 그 덕에 책도 많이 쓰고
지 잘난 맛에 잘도 돌아다녔는데

이제 마지막이라고 생각하니 많이 위축되고
막막하기보다는 이제껏 벌어다준 것에 감사하고
잘해주지 못해 너무 미안해요

아들 졸업식장에 간 느낌이랄까
다시 시작하는 새로운 다짐이랄까
만감이 교차하고 눈물이 핑 도네요 정말로

그런데 아쉬운 것은 이따금 주는 온누리상품권이며
짭짤한 선물을 이제는 더 이상 못 받는다는 것이예요
당신이 앞으로 뭔 일을 하든
무너지든 솟아나든 나는 한없이 감사하고
적극 지지할 용단이 섰으니 무소처럼 나가세요
그동안 참으로 고생 많았어요

존경하는 남편 전상서

찬바람이 불기 시작하니 우리 결혼기념일도 다가오네요. 아직 한 달도 더 남았는데 일찌감치 서두르는 건 여행 준비 때문이죠. 방금 친구에게 온 카톡에 "나는 괜찮은 사람인데 저 원수를 만나 내가 이렇게 되었다고 생각하면 안 됩니다." "배우자가 나를 만나 인생이 달라졌다는 소리를 들을 수 있도록 생명을 걸고 섬겨야 합니다." 과연 나는 그런 배우자였나? 갸우뚱 뜨끔하네요.

워낙 재테크를 잘하고 꼼꼼한 성격이라 신혼 때부터 정년퇴직할 때까지 저는 당신의 월급액수도 모른 채 그저 카드만 썼지요. 나는 나대로 벌고 남편은 남편대로 버니 금세 집 장만도 하고 떵떵거리고 살 줄 알았지만 IMF의 쓰나미에 휩쓸려 10년간 고통을 안고 지금은 모든 것이 회복되어 이렇게 안락한 생활을 할 수 있음에 감사드립니다.

사고뭉치에 집 밖으로 떠도는 아내를 이해하고 각자의 취미에 맞게 살아온 지도 35년이 지났어요. 몇 년 전 결혼기념

일에 일본의 독거노인과 세 명이 같은 룸에서 자고 비와코(琵
琶湖)를 여행했는데 이번에도 그런 모략을 흔쾌히 수락해줘서
고마워요. 80대 후반인데다가 부인과 사별한 지 6년쯤 되어
고독한 인생을 사시니 마지막 만남일 수도 있는 여행을 해드
려야지요.

저의 몹쓸 병 때문에 평생 고생하게 해서 미안해요. 불면
증으로 허구한 날 밤새면서 나는 안방을 차지하고 여보는 추
운 거실에서 자게 한 나날들, 강의 준비에 논문 쓴답시고 여
보를 홀대한 지난 세월들, 이제 와서 반성한들 여보의 몸은
다시 돌아오지 않는 국민 약골이 되었구려.

삑 하면 우울증으로 냉장고가 텅텅 비고 약 먹고 간신히 나
으면 이젠 조증으로 되어 마구 밖으로 돌아다니니 여보가 겪
은 스트레스와 고통은 그 어느 괴로움과도 견줄 수 없겠지요.

외아들 결혼시키고 겨우 찾은 여유와 자유. 죽을 때까지
여보를 잘 섬기고 존중하는 것만이 지난날의 과오를 청산하
는 유일한 길이라 믿고 잘할게요. 아들 결혼식 축사에서 요
렇게 말해줘서 얼마나 우쭐했는지, 천사 황후 폐하로서 신의
를 저버리지 않겠사옵니다.

"그리고 사랑하는 며느리이자 딸이 된 ○○아! 우리 집안의 천사가 ○○○ 여사 한 명에서, 이제 너까지 두 명으로 늘어나게 되었구나. 늘 주변을 환하게 밝혀주는 천사와 같은 네가, 아들의 반려자가 된다고 하니 더없이 기쁘단다. 앞으로도 지금처럼 남편과 서로 존중하며, 알콩달콩 조화를 이루고, 아름다운 가정을 꾸려, 사랑의 승리자가 되어주길 바란다."

마당발

　수영장에서 수영은 제대로 못하면서 끝나면 모든 사람들과 핸드폰 번호를 교환하는 사람이 바로 나의 성격이다. 에어로빅을 3년 정도 배웠는데 한 반에 일본 사람이 20명 정도 있었다. 마침 제부가 시니어오늘 기사로 인터뷰를 부탁해서 일본인들에게 설문조사를 했는데 일본 사람들은 개인정보에 매우 민감하고 솔직한 답변을 하지 않았다. 5문항밖에 안 되는 설문지도 겨우 부탁할 정도였다. 질문은 노후에 관한 것으로 그다지 도움이 안 되어서 일본지인 100명에게 다시 메일로 물어봤다.

　오랫동안 한일 통역과 번역을 해서 지인들이 많다. 특히 법조계 지인들이 많은 이유는 판사, 변호사 등을 대상으로 25년 이상 강의를 했기 때문이다. 그런 연고로 『법률일본어』가 탄생한 것이다. 사법연수원에서 강의할 때, 연수생 중 일본에서 변호사 실습을 원하는 학생들에게 일본변호사님과 연결해 준 적이 있다. 밤새서 추천서를 작성하고 이멜을 보내는 등의 노고 덕분에 그쪽의 전문가로 성장하는 모습을 보면 뿌듯하다. 어느 제자 변호사는 일본에서도 사법시험에 합격하여 일본변호사로 근무하고 이제는 영국으로 연수를 간다고 하니 정말 대견하다.

서울일본인교회

서울일본인교회는 성수역 3번 출구에 있고 주일예배를 오후 2시 30분에 드린다. 다음은 요시다 코조(吉田耕三) 목사님과의 인터뷰 내용이다.

한국에 오시게 된 계기 ___ 1974년 엑스플로(한국 기독교 부흥 대성회) 참가로 일본에서 배우지 못한 일제만행 등의 역사를 접하게 되었다. 제암리교회 방문으로 회개 후 사명감을 갖게 되었다. 사죄와 화해가 절실하다고 생각하고 한국 선교사의 삶을 결단하고 1981년 9월 4명의 가족과 입국하였다.

교회 설립 배경 ___ 한국인 남편이 일본인 아내에게 일본어 설교가 필요하여 일본어가 가능한 한국목사 3명이 돌아가면서 예배를 드리고 있었다. 그러다가 일한친선선교회를 설립한 모리야마(森山) 목사가 일본에서 목사를 파견하였다. 성수동에 땅을 소유한 일본인 여성이 남편 별세 후 4층 건물 중 꼭대기층에 예배당을 헌납하였다.

한국 선교사로 결심했을 때 주변의 반대는 없었는지 ___ 노쇠한 부모님 걱정이 되어 누님이 만류했지만 누님도 나중에는 세례를 받게 되었다.

사죄, 화해의 구체적 활동 ___ 한국행 결심, 한국에서 목회 활동, 한국 방문단 목사 일행에게 역사현장(제암리교회, 서대문형무소, 독립기념관, 안중근기념관, 파고다공원 등)을 안내하는 일을 하고 있다.

사랑의 교회 옥한흠 목사님이 일본 목사님들을 초청하여 세미나를 개최했는데, 요시다 목사님이 다음과 같이 제안하였다. 모처럼 한국에 초청을 하였으니 세미나만 할 것이 아니라 하루는 역사 현장을 직접 보게 하는 것이 일본 목회에 도움이 될 것이고 한국교회 성장요인도 알 수 있다.

NHK 한글 강좌의 배경 ___ 당시는 NHK 외국어 강좌에 독어, 불어, 러시아어까지 있어도 한국어강좌가 없어서 항의문을 보냈다. 어느 날 교양부 부장이 직접 전화를 해서 "한국어 강좌라고 하면 조총련이 반대하고 조선어라고 하면 한국이 반대한다. 여러 가지 정치적 상황에서도 강좌를 열 수 없다." 요시다 목사님은 통화 중에도 다윗의 마음으로 기도를 하면서 하나님의 응답과 지혜를 구하였다. 그때 지혜가 '한글 강좌'였고 드디어 강좌는 개설되었다.

명절

명절은 일가친척이 모여 오손도손 즐겁고 화목한 관계를 다지는 시간이다. 그런데 추석, 설날 등 제사를 지내는 장손 집안과 며느리들은 결코 편치 않다. 나도 장손의 며느리로 결혼 후 십여 년 이상은 양평에 내려가서 그 많은 음식 준비와 대식구의 몇 끼니 설거지로 너무 괴로웠다.

아버님께서 돌아가시고 어머님도 힘들어하셔서 몇 년 전부터 제사를 생략하기로 했다. 물론 내가 요리를 잘하는 며느리라면 이어갔겠지만 주로 어머님께서 음식을 다 하시고 심지어 설거지도 내게 안 시키신다.

이제 어머님은 84세시고 작년에 자전거에 부딪히는 사고를 당하고 갑상선암 두 번 수술, 폐 수술 등 예전처럼 건강하지 않으셔서 우리 식구 모이는 것도 부담스러워하신다.

내게 명절이란 어떤 것일까. 어릴 때부터 너무 싫었다. 아버지가 장손이라서 친척들이 모이는데 그래봤자 고모, 삼촌 정도지만 내가 설거지를 해야 했기 때문에 그다지 좋은 날은 아니었다. 결혼해서 보니 시아버님 형제가 다섯이라 자손들이 모이면 어마어마했다. 한 끼만 딱 먹고 헤어지는 게 아니었다. 하룻밤 자고 와야 하는 것도 힘들지만 우리나라의 전통이라는 것이 몹시도 마음에 안 들었다. 왜 여자만 만들고 지지고 볶고 씻고 해야 하는 건지….

세월이 흘러 나도 며느리를 보는 첫 추석을 맞고 보니 감회가 새롭다. 남편생일이 추석 전날이라서 아들 내외랑 외식을 하였다. 아들이 맛있는 저녁을 사주고 용돈도 줬다. 다음 달에 일본 간다고 해서 그동안 모아 놓은 엔화 십만 엔을 건네줬더니 엥⑦ 더 많이 받았다며 좋아한다. 며느리는 복도 많다. 시집살이 안 하지 명절 스트레스 없지. 쿨하게 밖에서 먹으면 끝!

시어머니는 집 밖에 나가는 걸 싫어하셔서 여권 좀 만드시라고 간청을 해도 요지부동이다. 어머님 모시고 일본온천에 다녀오는 것이 버킷리스트 중 하나다.

얼갈이배추를 다듬으면서

요즘 시댁에 뜸한 만큼 맛있는 김치를 얻어올 수가 없다. 아파트 장 설 때 사 먹으면 만드는 것보다도 싸고 편한데 이상한 냄새가 난다. 내가 담그면 맛도 없는 데다가 며칠을 먹어치우느라 고생, 힘들다고 난리 치니까 남편은 늘 제발 비싸고 좋은 걸로 사먹자고 한다.

오늘 큰맘 먹고 얼갈이배추와 오이를 사왔다. 소금에 절이는 동안 양념을 만들어야 하는데 오잉? 마늘도 없고 멸치 액젓도 없고…. 에라 컴퓨터나 두들기자 하고 들어왔더니 메일박스도 썰렁하고 까페도 파리만 날린다. 역시 까페는 빨간 립스틱의 섹시한 여주인이 최고인가 보다.

얼갈이배추를 다듬다가 소스라치게 놀랐다. 도마 위에서 연두색 빛의 가느다란 1cm도 안 되는 물체가 꿈틀대서 봤더니 벌레였다. 어머나 세상에…. 저 조그만 배 속에 얼마나 채우겠다고…. 배추를 갉아먹다가 내 칼에 이토록 참혹한 최후를 맞는단 말인가?

내부분의 나뭇잎 벌레가 잎사귀와 같은 색깔로 자신을 철저히 숨기는 것이 마치 악마나 마귀의 모습을 보는 듯하다. 괴상하고 흉측하지도 않고 그저 내 생활 깊숙이 알아볼 수 없을 정도로 들어와서는 나와 함께 기생하는 것이다. 오죽하면 하나님도 가만 놔두실까. 없앨 수가 없어서가 아니라 공생 공존하는 법칙 또한 자연의 섭리이며 악이 있어야 선이 있다는 것을 알 수 있지 않을까라는 것을 배웠다.

이 순간 나도 아르키메데스가 된 것처럼 "유레카!!(그리스어로 '내가 발견했다')" 외치고 싶어 컴퓨터 앞에 달려왔지만 이 글을 읽는 사람 중에는 '김치 한두 번 담궈 봤나, 벌레 하나 갖고 되게 호들갑떤다고 할지도 모르겠다.' 그런 사람의 야유에 편승하듯 글을 쓰고 가보니 이런 이런…. 배추가 소금에 너무 팍 절여져서 소태가 되었군….

왜 난 낮에는 의욕이 없고(특히 가사일) 밤 12시가 넘으면 쌩쌩해지는 걸까. 식욕도 주체할 수가 없다. 아들은 입도 짧고 까다로워서 자꾸만 남기는데 아깝다고 내가 먹어 치우다 보니 덩달아 내 뱃살만 눈사람처럼 커진다. 요리도 못하는 주제에 손은 엄청 커서 꼭 내가 2인분 이상 먹게 된다. 오늘처럼 얼갈이배추 한 단, 오이 4개는 정말 조금 한 거다. 지금 새벽 2시가 다 되어 그럭저럭 김치 완성! 아~ 뿌듯해!

중매(仲媒)

매년 찢는 종이가 있다. 중매 리스트인데 '다시는 하나 봐라' 안 한다는 각오로 없앴다가도 슬금슬금 요청이 오면 다시 컴퓨터에 저장된 글을 꺼내보기도 한다.

집안도 좋고 서울대 출신의 총각 교수 중매를 부탁받아서 사방팔방 쫙 뿌렸더니 감자 넝쿨 나오듯 신부 후보가 넘쳐났다. 문제는 본인이 결혼 의사가 없다는 것이었다. 학기 중에는 강의가 바쁘고 방학에는 논문쓰기 바쁘다는 핑계였다.

그렇게 시작한 중매업(?)이 어언 2년 정도 되었을 때 드디어 한 커플이 탄생되나 했지만 예식장까지 정하고 없던 일로 되었다. 중매는 '잘 하면 양복 또는 원피스 얻어 입고 못하면 뺨 맞는다'라는 말이 있는데 통신요금에 시간낭비, 신경 쓴 거 생각하면 득보다 실이 많다.

중매 진문회사는 몇 백만 원을 받는다는데 나는 단 한 푼도 받지 못하고 오히려 원성을 들었다. 마치 나 때문에 파혼된 것처럼. 내가 하고 싶은 말은 이제부터인데 한일비교이다. 일본은 결혼의 조건이 서로 취향이 비슷한가를 중시하는 반면, 한국은 키, 외모, 학력, 직업, 재력 순인 것 같다.

얼마 전 뚜쟁이를 소개받아서 중매 요청이 오면 그분에게 물어본다. 그런데 현재 어디 사는지, 신랑의 경우 집 장만은 되는지, 부모의 직업 등 꼬치꼬치 물어보기에 약간 기분이 언짢았다. 황금만능주의, 외모지상주의 한국의 현실을 생생하게 절감한다. 고등학교를 졸업하면 엄마 손 붙잡고 강남의 성형외과에 가서 대수롭지 않게 쌍꺼풀 수술을 하고 있다.

부부에게 가장 중요한 것은 무엇일까. 성격이나 취향이 잘 맞아야 한다. 이런 가치관을 도외시하고 조건만 따지는 중매는 더 이상 하지 말자고 다짐한다.

유방암

| 발견

2022년 8월 말 동네 병원에서 건강검진을 했다. 오른쪽 유방이 미세석회로 나와 정밀검사를 요구했다. 바로 초음파를 찍었는데 이번에는 큰 병원에 가서 다시 조직검사를 받으라고 한다.

순천향대학교 서울병원에서 조직검사를 하고 결과를 기다릴 때까지 너무나 초조했다. 제발 암이 아니기를 암이어도 별거 아니기를 그토록 기도했는데 도착해서 들은 한마디, "생각하고 오셨죠? 암이에요." 설마 내가 생각을 할 리가 있나. 하늘이 무너지는 단 한마디 무시무시한 암! 건강만큼은 자신 있었는데 내게 암이 생길 줄이야.

그토록 기도했는데 진정 하나님은 계신 건가. 하긴 기도한다고 다 된다면 자동판매기겠지. 터덜터덜 다시 연이은 여러 가지 검사들. 초음파, MRI, CT…. 검사만도 몇 백만 원은 날아갔을 텐데 다행히 암은 중증환자로 등록이 되어 5프로만 내면 된다.

| 수술

이제 수술을 어디서 할 것인가가 문제이다. 남편은 대한민국 최고의 명의한테 받자 하고 나는 순천향대학교병원에서 빨리 하고 싶었다. 왜냐하면 큰 병원에서는 최소한 2개월 이상을 기다려야 하고 또 수술까지 더 기다려야 하기 때문에 빨리 하는 게 좋다고 생각했다. 이지현 교수님께 수술을 받았다. 항암치료는 안 받고 수술하고 방사선 치료를 7주간 받았다. '명의 찾아 삼만 리' 하지 말고 집에서 가까운 대학병원에서 수술할 것을 권한다. 암은 가만히 있지 않고 계속 전이를 하기 때문에 하루빨리 손을 쓰는 것이 좋다.

수술실에 들어가서 먼저 부분마취를 하는데 너무 아팠다. 침대 귀퉁이에 앉아 방석을 껴안고 간호사가 꼭 안아준 상태로 40분을 참아야 했다. 등에 놓는 주삿바늘이 얼마나 큰지 또 얼마나 아픈지 죽을 뻔했다. 등짝에 커다란 주삿바늘로 자수하듯 한 땀 한 땀 꿰매는 것 같았다. 5분도 견디기 힘든

데 그 긴 시간이 괴로웠지만 나는 앉아서 받고 간호사는 꼬박 서 있었으니 힘들었을 것이다. 4시간이 넘는 수술 후 남편과 재회했다. 애간장이 탄 남편과 아무 기억도 아픔도 모르는 내가 다시 만날 수 있어서 다행이다. 일주일간 입원하는 동안도 별로 아프지 않았지만 변비로 엄청 고생했다.

순천향대학교병원의 간호사들은 모두 친절했다. 그 다음으로 좋은 점은 예배이다. 매일 새벽예배가 있고 주일에는 신유 은사가 있는 전도사님의 기도 인도가 있다. 나는 평소 교회 안 다니다가 병원에 와서는 지푸라기라도 잡는 심정으로 주님께 매달렸다. 안영덕 목사님의 체험에서 우러나오는 설교 말씀이 너무 좋았다. 9월 15일에 수술하고, 9월 20일에 퇴원하였다.

| 병원검사

병원에 오면 누구나 겸손해진다. 작년 이맘때 수술하고 방사선 치료 7주간을 했다. 매일 가서 웃옷을 벗은 채 두 남자 의사가 몸에 빨간 선을 그리는 것을 참아야 했다. 약 2개월간 겨울이니 망정이지 한 번도 못 씻었다. 이제 1년이 되어 이틀에 걸친 검사를 받았다. 정맥주사는 아프다. 뼈 검사는 주사액이 온몸에 퍼진 후 2, 3시간 기다렸다가 30분간 받는다. MRI도 주사 맞고 15분간 시끄러운 기계음 들으면서 온몸을 맡긴다.

초음파가 제일 편하다. 따끈따끈한 젤로 여기저기 문지르면 끝이다. 다행히 이번에는 유방 x-ray를 찍지 않았다. 제발 재발하지 않기를…. 결과는 다음 주 월요일이면 알 수 있다. 하나님 잘못했습니다. 따끔하게 벌 받고 이제 새롭게 살기로 했으니 부디 선처를 바랍니다. 또 6개월이 지나 올해 2월에 검사를 받는다. 이번에는 X검사까지 받아야 하니까 얼마나 아플까 벌써 걱정이다. 5년간은 걱정을 놓을 수가 없다.

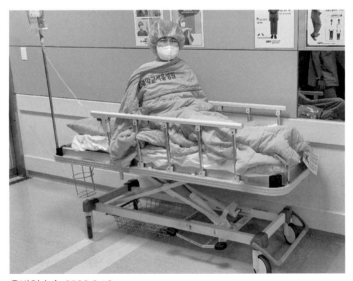

유방암수술 2022.9.19

부록

자작 詩

가을 산

가을햇살에

손 흔드는 노란 은행잎

가로수 길 흠뻑 적셔놓았네

가녀린 아기 손

살랑살랑 단풍잎

마른 세상 붉게 태웠지.

담장 위 초록빛

포동포동 살찐 대추 아래로

빨간 고추 돗자리 깔고

주렁주렁 달려오는

연시, 단감, 곶감이랑

빠끔히 내민 모두들 귀여운 얼굴

꽃시방을 살포시 안은 단풍

이제야 보았네

올 가을을 수놓으려고

부지런히 봄빛을 껴안는 산, 산이여[*]

- - - - - - - - - - - - - - -
* (2000년 12월, 「순수문학」 당선시)

어느 날

내 집 마당 없어
손질 안 해도
눈길 돌리면 꽃향기 넘치네

잉꼬에게도
날개 달아줄까
귀 기울이면 온갖 새소리

옹기종기 모여 사는
다세대 주택
발길 닿으면 정다운 이웃

버스며 전철에 몸 실어도
웃는 낯 대할 수 있네

사춘기

느닷없이
아이가 "2등할 걸"
무슨 언제 1등 했노

"정자 싸움에서
2등 했으면
안 태어났을 걸"
사진첩을 넘기며
해맑은 아이의 얼굴을 보네

언제였던가
나도 부모가 싫었고
형제가 밉고
그랬었는데

내 아이의 사춘기
화려한 꽃 피우려고

그토록 겨울은 길었던가.

1등한 것이
서러운
아이에게
"축하한다. 네 사춘기"

내 나이 이맘때 아버지

부모는 곱은 손에 눈시울 적시건만
내 마음 밖 저만치 선 아이야
나 또한 해준 것도 없구나
이제 너 나 우리
모두 걸어온 발자국 한번쯤 돌아볼까

내 나이 이맘때 아버지는
초저녁부터 술 드시고 일찌감치 잠들었다
외로움을 이기려고
내 나이 이맘때 아버지는
저녁마다 딸 둘에게 허리부터 종아리까지
발로 밟게 했다

그때 아버지 나이의 나는
밤늦게 자전거를 타고 한강변을 달린다
뱃살을 빼려고
그때 아버지 나이인 남편은

아들에게 전신안마를 애걸하고
용돈에 궁색한 아들은
마지못해 어깨부터 발끝까지 발로 밟고 있다

아버지는 일찍 아내를 잃고
알콜과 비둘기를 자식보다 더 사랑했지만
알콜은 아버지 몸을 망가트리고
레이스용 비둘기는 아버지 돈을 빼앗고
자식들은 그런 아버지를 원망했을 뿐
결코 존경하거나 좋아하지 않았다

지금 아버지 나이가 되어보니
아버지가 그립다
아버지가 참 불쌍하다

얼마나 외로웠을까
얼마나 힘들었을까
자식 넷의 어머니 역할을 함께 해야 했던
많은 시간 ….

ありがたいこと　　고마운 것[*]

目と手がなかったら	눈과 손이 없다면
美しいものも見られない	아름다운 것도 볼 수 없고
触ることもできない	만질 수도 없네
腕と脚がなかったら	팔과 다리가 없으면
抱きたい人も抱くこともできないし	안고 싶은 사람을 안을 수 없고
会いたい人にも行けない	보고 싶은 사람에게 갈 수도 없네
携帯の番号を押したり	핸드폰 번호를 누르거나
パソコンを弄ったり	컴퓨터를 만지작거리며
カラオケで歌ったり	노래방에서 노래하거나
踊ったりできない	춤추거나 못 하네

----

* 이 시는 일본어로 먼저 지은 것인데 몇 가지 문형을 가르치기 위해서 의도적으로 쓴 것이다.
' ～이 없다면', '～할 수 없다', '～해주다', '해야 한다' 등 그중에서도 '해주다'의 표현인
'～てもらう'를 반복하였다. ～て もらう의 가능형 ～て もらえる

与えられた全てのものに	주어진 모든 것에
感謝しなくては	감사해야지
何であれできることに	뭐든지 할 수 있는 것에
ありがたく思わねば	고맙게 생각해야지

目と手がなくても	눈과 손 없어도
腕と脚がなくても	팔과 다리 없어도
だれかに教えてもらえる	누군가 가르쳐 주네
だれかにしてもらえる	누군가 해 주네
誰かに抱いてもらえる	누군가 안아 주네
誰かに来てもらえる	누군가 와 주네

| 誰かに感謝しなくては | 누군가에게 감사해야지 |
| すべてのものに感謝しなくちゃ | 모든 것에 감사해야지 |

먼지처럼

며칠 못 봤다고
그새 그리움으로 쌓였네

하루, 이틀, 삼일을 참아도
한 달, 두 달, 석 달
이어지는 시간은 참을 수 없네

그리움
그리움
그리움, ….

오늘도
그리움이 쌓였네
내 가슴에 기다림으로 쌓였네

(2015. 2. 3.)

어쩌면 좋지

잠시 멀어져야겠어
이젠 헤어져야겠어

다짐하다 다시 보면
눈이 가 있고
다짐하다 다시 보면
손이 가 있고

나만큼 날 좋아하는
핸드폰

어쩌면 좋지

(2015)

사과나무 아래서

여린 싹이
줄기가 된다
열매가 된다

사과나무 가지 끝에
사과가 달렸다

한 입 베어 문다
목줄 타고 흐르는 사랑!

열 달을 가꾸어
사과를 내미는 나무 앞에서

두 달을
더 채워도 모자란 마음은
사과 따낸 자리에 단다

(2015. 1. 23.)

그대 향기

그대 향기는
2월처럼 눈부시지 않아 좋다

살그머니 얼굴 내미는
목련꽃 봉오리 같은 수줍음

그대 향기는
3월이어도 화려하지 않아 좋다

속내를 보이지 않는
철쭉 잎새의 뚝심

들풀

밟히거나 말거나
물을 주거나 말거나
생명을 움켜쥐는 풀

봐주거나 말거나
음지든 구석이든
소신대로 사는 풀

모양은 달라도
색깔은 달라도
오로지 이름 하나 들풀

(2008. 4.)

눈 깜짝할 사이

열 달 동안 새근새근
엄마 뱃속 기다림이
영겁의 세월

오물오물 옹알옹알
천진난만 아기웃음
천년만년 행복하네

기저귀 차고 아장아장
한 걸음 한 걸음이
지구 한 바퀴

다시 기저귀 차고
중환자실에 누워 계신
시아버님

살을 에는 바람에도

봄비 내리면

새싹을 틔우건만

돌아오지 않는 인생의 봄이여!

(2009. 2. 15 시아버님 임종을 앞두고)

짝사랑

산이 놀자면
바다는 외면하고

구름이 간질이면
산이 꿈쩍도 안 하고

바다는 내게 소리쳐도
나는 쉼 없이 바쁘다고

불꽃

소리는 요란해도
잔잔하게 펼치는 봉오리

향기는 없으되
눈부시게 피어오르는 꽃

밤하늘 창공에
화려하게 꽃잎을 날리며

마지막 순간까지
아름답게 시들어가는 꽃

성(城)

내 안에
거룩한 성이 있다
지고한 의지의
높은 성이 있다

내 안에
허름한 성이 있다
쉽게 허물어지는
모래성이 있다

하루에도 수십 번
허물고 또 쌓는
내 안에
성이 있다

단숨에 짓기도
단칼에 베어낼 수도 있지만
묵묵히 쳐다볼 뿐
말이 없다

오늘도
나는 성을 쌓는다

책을 내기까지 많은 분들의 도움이 있었습니다. 초고의 교열을 봐주시고 부족한 저의 시를 다듬어주신 김정신 박사(시인)님께 감사드립니다. 읽고 코멘트를 해주신 가갑손 회장님을 비롯한 여러 고마우신 분들을 일일이 소개해 드리지 못해 송구합니다. 출판사 행복에너지 권선복 대표님과 편집자님 등 모든 분들에게 깊이 감사드립니다.

모든 삶에는 살아갈 가치가 있음을
믿어 의심치 않습니다

권선복 도서출판 행복에너지 대표이사

　이 책 『우울증, 조울증 분투기』는 30여 년 이상을 우울증, 조울증으로 '발버둥 치는 삶'을 살아 온 법학박사 김현주 저자의 '널뛰기 인생'을 담은 자전적 에세이입니다. 일상을 살아가는 데에 있어 남들과는 다른 부분, 스스로를 제어할 수 없어 고통스러운 부분을 온전히 받아들이면서도 아이돌보미, 간병인, 베이비시터, 요양보호사, 가사도우미 등으로 봉사와 나눔의 선한 영향력을 발휘하는 모습은 이 책을 읽는 모든 분들에게 위로와 감동을 줄 수 있을 것입니다.

대부분의 정신질환이 그렇듯 조울증 역시 다방면으로 불편함과 어려움을 가져오면서 삶의 질을 낮추고, 오랜 시간 동안 악화와 회복을 반복하면서 많은 노력을 기울여야 일상생활을 유지할 수 있는 질병입니다. 저자는 이런 암울한 상황 속에서 극단적인 생각에 기울 때도 있었으나 가족의 사랑과 하나님의 사명을 의지 삼아 지금까지 삶을 꾸려오고 있다는 말과 함께, 자신과 같은 병을 앓고 있는 사람들에게 그럼에도 불구하고 인생은 분명히 살아갈 이유가 있다는 희망과 위안을 주고 싶어 이 책을 썼다고 이야기합니다.

　　사회가 복잡해지면서 정신건강에 어려움을 호소하는 분들 역시 급격히 늘어나고 있는 시대입니다. 김현주 저자의 이 책 『우울증, 조울증 분투기』 책이 어려움을 겪고 있는 이들에게 세상을 살아갈 용기와 희망, 위로와 공감을 전달해 주기를 희망하며 건강다복 만사대길한 기운찬 행복에너지 긍정의 힘으로 선한 영향력과 함께 보내드립니다.

행복을 부르는 주문

권선복

이 땅에 내가 태어난 것도
당신을 만나게 된 것도
참으로 귀한 인연입니다

우리의 삶 모든 것은
마법보다 신기합니다
주문을 외워보세요

나는 행복하다고
정말로 행복하다고
스스로에게 마법을 걸어보세요

정말로 행복해질것입니다
아름다운 우리 인생에
행복에너지 전파하는 삶 만들어나가요

아름다운 사람

권선복

아름다운 사람이 되고 싶습니다
내가 말한 말 한마디에
모두가 빙그레 미소 지을 수 있는 힘을 가진
아름다운 사람이 되고 싶습니다.

내가 보인 작은 베풂에
모두가 행복해할 수 있는
선한 영향력을 가진
아름다운 사람이 되고 싶습니다.

말보다 행동보다
모두에게 진정으로 내보일 수 있는
아이같은 순수함을 지닌
아름다운 사람이 되고 싶습니다.

좋은 **원고**나 **출판 기획**이 있으신 분은 언제든지 **행복에너지**의 문을 두드려 주시기 바랍니다.

ksbdata@hanmail.net   www.happybook.or.kr   문의 ☎ 010-3267-6277

'행복에너지'의 해피 대한민국 프로젝트!

〈모교 책 보내기 운동〉〈군부대 책 보내기 운동〉

한 권의 책은 한 사람의 인생을 바꾸는 힘을 가지고 있습니다. 한 사람의 인생이 바뀌면 한 나라의 국운이 바뀝니다. 그럼에도 불구하고 많은 학교의 도서관이 가난하며 나라를 지키는 군인들은 사회와 단절되어 자기계발을 하기 어렵습니다. 저희 행복에너지에서는 베스트셀러와 각종 기관에서 우수도서로 선정된 도서를 중심으로 〈모교 책 보내기 운동〉과 〈군부대 책 보내기 운동〉을 펼치고 있습니다. 책을 제공해 주시면 수요기관에서 감사장과 함께 기부금 영수증을 받을 수 있어 좋은 일에 따르는 적절한 세액 공제의 혜택도 뒤따르게 됩니다. 대한민국의 미래, 젊은이들에게 좋은 책을 보내주십시오. 독자 여러분의 자랑스러운 모교와 군부대에 보내진 한 권의 책은 더 크게 성장할 대한민국의 발판이 될 것입니다.

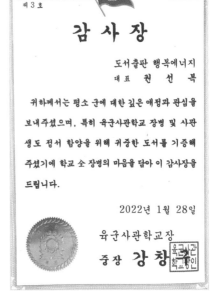